JN063631

黒天の魔王

～魔物の言葉がわかる俺、
虐げられた魔物たちの救世主となり
最強国家を作り上げる～

馬路まんじ

ぶんか社

CONTENTS

プロローグ：黒天の魔王

「――虐げられし者たちよ、反逆の時はやってきたッ！」


その一言に、ありとあらゆる人外たちが奮い立った。

魔狼族が、火蜥蜴族が、粘体族が、小鬼族が、魔竜族が――。

その他様々な異形の者らが、興奮の咆哮を張り上げる。

彼らが見上げる視線の先には、漆黒の王城のバルコニーに立った一人の『人間』が。


ああ――彼こそは魔の救済者にして、全人類の天敵種。

『魔性断罪』を謳うユミル教に背きし神の敵。

ヒトに生まれながらヒトに蔑まれ、その果てにあらゆる魔性と心を通わせるに至った異端者なり――！


「共に嘲られた者たちよ。共に傷付けられた同胞よッ！　親愛なるお前たちに今一度問おう！　我らが立場はこのままでいいのかっ！？　産まれながらに蔑まれ、人間の奴隷として命を終える生涯でいいのかッ!?」

『否ッ！　否ッ！　否ッ！　否ァァアッッッ！』

「そうだ否だッ！　このままでいいわけがないッ！　さぁ同志たちよ、痛みと憎悪を炎と燃やせッ！　復讐するは我らにありッ！」

最高潮へと達する昂ぶり。彼の言葉に誰もが戦意を沸き立たせる。

ああ――そこにはもはや〝無力で気弱で傷だらけだった少年〟はもういない。

絶大なる力と容赦なき苛烈さを身に付け、在りし日の少年は『王』となった。

そんな彼の元には今や、自由を求めし数万の魔物と、見目麗しき魔の姫君たちが。

その全員が心の底から信仰する。かの王と共に突き進んだ戦乱の果てにこそ、幸福なる未来があるはずだと。

「さぁ、我らが主君よ。どうか命令を」

「好きに命じなさい。アナタの願いならなんだって叶えてやるわぁっ！」

「ガーハッハッハッ！　暴れたくてウズウズしておるぞぉー！」

「オイラ的には平和が一番ゴブゥ～……！」

数多の想いを一心に受け――かくして、人外たちの王は告げる。

大軍勢の放つ熱気に黒き髪をなびかせながら、右手を掲げて高らかに。

「これより我らは、敵対者(てきたいしゃ)どもへと最終決戦を仕掛ける。俺たちの物語は、ここから始まるのだーーッ！」

『ウォオオオオオオオオオオオーーーーーーーーーーーーッ！！！』

『魔王』の放った一声に、魔の軍勢は奮い立つ――！

こうして、英雄譚(えいゆうたん)とは程遠い――血と暴力と〝絆(きずな)〟に満ちた、異端者たちの逆襲劇が幕を開けたのだった。

1：追放

――物心ついたころから、俺の人生は最悪だった。

「気持ち悪いんだよ黒髪野郎、何が『魔物を大切にしろ』だ！」

そう言ってギルドマスターのケイズは、俺のことを殴り倒した。

さらに倒れ込んだところで、容赦なく腹を踏み付けてくる。

「ぐぅ……!?」

これが俺、エレン・アークスにとっての日常だった。

この世界では黒髪の人間は嫌われている。

数百年前、世界を支配しようとしていた『魔王』と呼ばれる人物が黒髪だったからだ。

しかし魔王は人類の前に敗れ去った。

そして彼が生み出した『魔物』という生物たちは人類の奴隷となり、ろくに休むことすら許されず働かされ続けていた。

俺が所属しているのも『テイマーギルド』と呼ばれる団体の一つだ。

魔物たちに鞭を打ちながら、運搬や護衛など様々な仕事を請け負っているのだ。

「うぅ……お願いですから、魔物たちにもう少しだけ優しくしてあげてください……！」

ギルドマスターに踏まれながらも、必死で彼らの待遇改善を願う。

——俺は、この世界では変わり者だ。

他の者たちのように魔物を道具扱いすることなんてできなかった。

「スライムのラミィは新鮮な水を欲しがっています。トロールのトロロは先日の運搬作業で足を痛めたと泣いていましたし、サラマンダーのサラはもっと小屋を暖かくしてほしいと言っていて……」

「何が『言っていて』だ！　魔物が喋るかゴミがッ！」

ギルドマスターは思い切り俺を蹴り飛ばした！

部屋の壁に勢いよくぶつかり、意識が一瞬飛びかける……！

「ッ、本当に……魔物たちはそう言ってるんです……！」

「チッ、まだ言うか。気持ちの悪い黒髪をしているうえ、幻聴まで聞こえるなど救えんな。もういい、出ていけ。二度とギルドに顔を見せるな！」

そう言って彼が手を叩くと、ギルドの構成員たちがやってきて俺の身体を掴み上げた。

そして建物の外に放り捨てると、「そこらへんで野垂れ死ね、ゴミ」と吐き捨て、振り返りもせずドアを閉めてしまうのだった。

「……ははっ。ついにやっちまったなぁ。空気を読んで、みんなと同じく魔物たちを虐げておけば、もう少し快適に生きることができたかもしれないのに」

だが、不器用で甘ちゃんな自分には演技でも仕事仲間たちを傷付けることなんてできず——こうして俺は無職となった。

ギルドの寮に住まわせてもらっていたから、同時に家も失うことになった。

頼れる相手なんていない。

俺は街中の人間からゴミのように扱われているうえ、十歳の時に家が燃えて、両親も亡くなってしまったからだ。

彼らも黒髪だったからな、きっと街の誰かが火をつけたんだろう。

「はぁ……持ち物は少しばかりの小銭と……母さんと父さんが唯一プレゼントしてくれたボロボロのローブくらいか……くそっ……」

くたびれきったローブの端をぎゅっと握る。

コレを渡してくれた時、二人はとても申し訳なさそうな表情をしていた。

『ごめんね、エレン。アナタまで黒髪に産んでしまって……』

『すまない……せめてこれで、その髪を隠してくれ』

そう言って涙を流す母さんと父さんの顔を、俺ははっきりと覚えている。

——あぁまったく……本当にふざけてやがる……！

「髪の色だけで、なんでこんなに差別されないといけないんだ……！　魔物たちだって、数百年前の祖先が悪いことをしていたからって、なんでずっと道具扱いされないといけないんだよ……！」

胸に湧き上がる悲しみと怒り。

ちらりと街の様子を見れば、魔物に鞭を打ちながら重労働をさせている人々の姿が見えた。

悔しそうに呻く魔物たちだが、反抗なんてできない。

数百年前に魔王を倒した『勇者』と呼ばれる男が、『呪縛の魔法紋』という特殊な紋様を開発したからだ。

ソレを刻まれた魔物は人間を傷付けることが不可能になってしまうのである。

「っ……歯向かうことができないなら、何をしてもいいって？　なんだそりゃ、ふざけるな……！」

気付けば俺は駆け出していた。

もう、人間との生活なんてこりごりだ。

こんな残酷な連中が他にいるか。視界にだって入れたくない。

家を焼かれた。親を殺された。コキ使われて殴られて、仲良くなった魔物たちも病気や過労で殺された。

俺が人々から与えられたものは、絶望と悲しみだけだった。

「もういい。もう、他人となんて生きられない……！　どうせ一文無しなんだ。一人でひっそり、どこかで死のう……！」

俺は涙を流しながら、街の外へと出ていった――。

◆◇◆

――現世の果て。死者の魂に溢れし『幽界』に、かの城は存在していた。

全てが黒き異質なる魔城。その内部に設けられた儀礼室にて、白髪の少女が水晶を眺めていた。

妖しく輝くその表面には、街を駆け抜ける黒髪の少年・エレンの姿が――。

「あぁ、なんて不器用で……それでいてとても優しい人」

涙を流す彼のように、少女はぽつりと呟いた。

白き両手をそっと合わせて、水晶の向こうに祈りを捧げる。

どうか少年の行く末に、良き出会いがあることを。

そして、

「いつか、アナタと出会える日を願っていますよ。エレン・アークス様」


儀礼室に響く囁き。

少女はエレンに確かな期待と、『力』の胎動を感じながら、一人静かに祈り続けるのだった――。

◆　◇　◆

この世界における魔物たちの扱いは劣悪である。

日がな一日働かせ続け、業務が終われば狭い小屋に何十頭も押し込むのが一般的だ。

エレンの所属するギルドでも同じような扱いをしていたが、しかしこの魔物たちはどこか楽しげだった。


『エレン、今日は来るのが遅いね～』

『ね、どうしたのかなぁ？』

『エレンが来たら、また絵本を読んでもらおうっ！』


重労働の疲れはあるものの、無邪気にはしゃぐ魔物たち。

余人からすれば「ギャァギャァ」と鳴いているようにしか聞こえないが、長年心を通わせ続けたエレンならば仲睦まじげに会話しているように聞こえただろう。

そう、他の魔物たちと違って彼らが絶望せずにいられるのは、エレン・アークスという少年がいるからだった。

親しげに接してきた彼に対し、はじめはこう思ったものだ。

〝なんだ、この子供は……〟と。

それが、エレンに対する魔物たちの最初の印象だった。

彼はいつもボロボロだった。同じニンゲンであるはずのギルドの者らに殴られ、蹴られ、ゴミのように扱われていた。

しかしエレンは穏やかだった。

しかし――エレンはどこまでも穏やかで、泣きたくなるほど優しかった。

〝怪我をしてるのっ⁉　ちょっと待ってね、服を破って……よしっ、これで縛ってあげるからね！〟

〝ご飯抜きにされたって聞いたよ？　でも大丈夫っ、ボクのを分けてあげるから！〟

〝ごめんねみんな……ボクにもう少し力があったら……黒髪で馬鹿にされてなかったら、みんなの立場をよくしてあげられるのに……！〟

不当に虐げられた者は、その不満をさらに下の者へとぶつけるのが道理だ。

なのに彼は魔物である自分たちに対して決して手を上げず、それどころか甲斐甲斐しく世話を焼き、ただでさえ少ない自身の食事を分け与えてくれたり、暴力を受けていたら身を挺して庇ってくれた。

そんな日々が何年も続き、気付けば彼と魔物たちは会話ができるほど仲睦まじくなっていた。

過酷な毎日を送る中、エレンとの何気ない世間話だけが心の癒しだ。全員で小さなビスケットを分け合って食べた日の思い出は、魔物たちにとって宝だった。

『早く来てくれないかなぁ、エレン！』

『ね～っ』

そうして魔物たちが愛する少年の来訪を心待ちにしていた――その時。

「フンッ、相変わらず醜いなぁ魔物ども。エレンのやつめ、こんなグロテスクな生物どもの何が可愛いんだか……」

彼らの前に、テイマーギルドの長であるケイズがやってきた。

エレンとは真逆の暴力的で最低な人物だ。うきうきとしていた魔物たちは一瞬で静まり、〝何をしに来たんだ〟と男を睨む。

『グルルルルッル……ッ！（おまえなんかお呼びじゃない！　エレンを出せっ！）』

かくして彼らが注目する中、ケイズは下卑た笑みを浮かべながらこう言い放った。

「ぬはははははっ！　聞くがいいわ魔物どもッ、エレンのゴミなら追い出したぞ！　噂では街からも飛び出していったとか。今ごろ野良モンスターにでも食われてるんじゃないのかぁ!?　ガハハハッ！」

『――ガァ？（は？）』

……その言葉を聞いた瞬間、魔物たちの中でナニカがブチリと切れる音がした。

〝――今この男はなんと言った。我らが愛する『同胞』を、ゴミだと嘲り追い出しただと？〟

スライムが、トロールが、サラマンダーが……。

その他多くの小屋に詰め込まれている魔物たちが、怒りに身体を震わせた。

殺意の視線で男を射抜く。

「なっ、なんだぁ貴様ら!?　人間様に逆らおうというのか！」

尋常ならざる雰囲気を察してか、冷や汗をかくケイズ。

彼はバッと腕を伸ばし、「魔法紋よ、こいつらを大人しくさせろッ！」と吼え叫んだ。

その瞬間に見えざる鎖が魔物たちを縛り上げるが――、

『(エレンを)』『(こいつエレンを)』『(我らが友を)』『(我らが希望を)』『(我らがエレンを)』『(我らが――この男はッ、我らが主君をどこまでも苦しめてェッ！)』

そして、怪異は巻き起こる。

あらゆる魔物を束縛するはずの紋様が、苛烈なる赤き閃光を放ち始め――！

『ガァアアァァアァアアァアーーーーーーーッ！』

「なっ、なに!?」

天に轟く怒りの咆哮。

それと同時に、彼らの身体に刻まれた魔法紋が蒸発するように消え失せたのだった――！

「ななっ、なにが起きてるんだぁ……⁉」

前代未聞の事態に戸惑うケイズ。

彼は知らなかった。エレンという少年が、どれほど魔物たちに愛されていたのかを。

そしてエレン自身も自覚していない、彼が持っている隠された『力』の存在に……！

『グガァアアアアアーーーーーーーーッ！（死ねぇええええええーーーーッ！）』

「ぬぁあああああーーーーーーッ⁉」

夜の街に響く男の絶叫。

かくしてこの日、一人の少年の失踪をきっかけとし、魔物たちによる大逃走劇が巻き起こることになるのだった――。

2：新たな出会い

俺が街を飛び出してから一週間が経った。

去り際に門番に言われたよ。〝奴隷の魔物も連れ歩かずに外に出るとか馬鹿かよ？〟ってな。

そいつの言う通り、人間だけで街を出るのはかなり危険だ。

自然界には『呪縛の魔法紋』を刻まれていない魔物が多くいる。飢えたそいつらに襲われたら一瞬で終わりだろう。

でも、街を出た頃の俺はそれでいいと考えていた。

もはやギルドを追われた身だ。親友である魔物たちには二度と会えないだろう。

そして人間たちからも虐げられる立場である以上、俺に待っているのは孤独な絶望だけだった。

ならばもういいさ、食いたければどうか食ってくれ。

ゴミと呼ばれた俺が誰かの栄養になれるなら上等な最期じゃないか。

だからわざわざ遠くの森へと向かい、そこを住処にしている魔物『シルバーウルフ』たちにでも食われようと思っていたのだが――。

『エレンッ、エレンッ、お肉を獲ってきたぞ！　ほめるがいいっ！』

「お、おーよしよしよし！」

『んぁーっ！』

俺に頭を撫でられてごろごろと転がる群れのリーダー。他の連中も『わたしたちもほめて！』とどたどた駆け寄ってくる。

……陽光の射し込む豊かな自然の中、俺はモフモフのシルバーウルフたちになぜか囲まれまくっていた。

きっかけは些細なことだった。

森に入ったところ、ぐったりとしている銀狼たちを見かけたのだ。

「だ、大丈夫か!?」

急いで駆け寄ってみると、彼らの全身には紫色の斑点が浮かんでいた。

人間である俺のことを見ても唸り声を上げるばかりで、もう襲い掛かる元気もなさそうだ。

この様子ではあとどれだけ持つかわからない。

『うぅ……ちかよるな、ニンゲン……！　奴隷になんて、なりたくない……！』

「安心しろ、俺はおまえたちに魔法紋を刻むつもりなんて一切ない」

『っ!?　わたしの言葉が、通じた……!?』

驚愕に目を見開く群れの一頭。

他と比べても身体が大きく、しなやかな毛並みをしていることから、この子が群れのリーダーなのかもしれない。

「それにしても紫色の斑点か。……たしか『ブラックハウンド』のハウリンが言っていたな、狼系の魔物特有の感染症に、こういうのがあると」

俺はテイマーギルドで出会った魔物たちから、多くの知識を得ていた。

様々な地域から拉致されてきた魔物の中には、数百年前に『魔王』が研究していたという魔物特有の難病を治す方法などを知っている者もいる。

ハウリンも言葉がわかる俺に対し、古の治療法を教えてくれた。

「たしかアルテミシアの葉とソリダゴの茎とツユクサを3：3：2の割合で刻んで、全身の斑点に塗り込むんだったか。待ってろよ、シルバーウルフたち。絶対に俺が治してやるからな！」

『っ……！』

それから俺は数時間、彼らを死なせないために全力で森を駆け回った。

治療に使う草花はどれもあまり自生していないものばかりだ。それらを何十頭分も急いで探し出そうとしたせいで何度も転んでしまい、全身泥だらけの傷だらけになってしまった。

だがそれでも、俺はやり遂げた。

一頭も衰弱死しない内に、どうにか全員分の治療薬を作り終えたのだった。

――そんな俺に対し、群れのリーダーが口を開く。

『なっ、なぜわたしたちなんかのために必死になるのだ。他のニンゲンたちは、わたしたちを奴隷にするために何度も襲ってきたのに……！　それで群れのオスたちも、みんなわたしたちを守るために死んでしまって……』

戸惑い気味に聞いてくるリーダー。身体は大きいが、声色からしてまだ年若い女の子のようだ。

俺はそんな彼女の頭を優しく撫で、小さく微笑んだ。

「わたしたちなんか、なんて言わないでくれ。たとえ魔物だろうが、俺にとっては大切な命だ」

――それに、

「必死になって当然だろう？　おまえみたいな可愛い女の子を助けるためなら、全力になるのが男ってもんだ」

『ななっ!?　わ、わたしが可愛いだとっ!?　こんな身体のデカいわたしのことが!?』

「あぁ、毛並みもふわふわですごく可愛いぞ？」

そう言うと、リーダーのシルバーウルフは『ほぁあ……!?』という謎の鳴き声を上げて顔を伏せてしまうのだった。

『そ、そこらのオスよりも大きくて、今までメス扱いなんてされたことがなかったのに……っ！』

「よしよし」

これが、俺とシルバーウルフたちの出会いだ。

それから一週間、俺は元気になった雌狼たちにすっかりなつかれることになったのだった。

◆　◇　◆

──シルバーウルフたちにとって、エレンはとても魅力的な存在だった。

最初は〝どうしてニンゲンのくせに自分たちに優しくするんだ。何か狙いがあるのか？〟と警戒したが、そんな考えはボロボロになりながら森を駆け回る彼の姿を見て吹き飛んだ。

野生の魔物だからこそわかる。エレンが心から必死になって、自分たちを救おうとしていることに。

そうして彼と過ごすことになった日々は楽しかった。

彼はものすごく優しくて、自分たちの知らないことをたくさん知っていた。

『いいかみんな？　こうやって木をこすり続けると……ほらっ、火が付いた！

──ってみんな怖がらないでくれっ⁉　大丈夫だからっ！　ここで肉を炙ると、すごく美味しくなるんだって！』

彼は火をおこしてくれて、焼けた肉のジューシーな味を教えてくれた。

生肉の旨みをギュッと凝縮したような美味しさで、思わず小躍りしそうになってしまった。

『みんな、まだまだ身体が本調子じゃないだろう？　だから今回はちょっと、ズルい狩りの仕方をしてみよっか……！』


他にも、落とし穴など罠（わな）の作り方を教えてくれた。

おかげで獲物（えもの）が効率的に獲れるようになり、感染症で衰（おとろ）えていた身体はみるみる回復していった。

さらには毒などに効く薬草を教えてくれたり、長くて細い枝の先に昆虫を突き刺して行う『釣り』という狩りを教えてくれた。

野生動物を追い掛け回すことしか知らなかったシルバーウルフたちにとって、釣りはとても新鮮であった。今では森の中にある池を囲ってみんなで釣り大会を行っているほどだ。

最後に釣った獲物を使って、エレンが作ってくれる焼き魚もとても美味しかった。


『美味しいなっ、みんな！』

『うむっ、ありがとうエレンッ！』


シルバーウルフたちは誰もが彼に感謝し、そして思う。

――あぁ、きっとエレンは人間の中でもリーダーのような存在だったのだろう。

こんなに物知りで優しいオスなのだ。きっとみんなから慕われていたに決まっている、と。

そんな存在がどうして森に一人で来たのかと聞いてみたところ――、

『ああ……俺って人間社会じゃ嫌われ者なんだよ。髪が黒いせいでさ、よく殴られたりしてたよ……』

――そう言って寂しく笑うエレンの顔を見た瞬間、雌狼たちは一斉に『……は？』と呟いた。

こんなに素晴らしい存在を、ニンゲンどもは嫌っていただと？

自分たちを全力で助け、様々な知識を与えてくれた彼のことを、毛色一つで差別して暴力を振るっていただと？

ざわざわと、体毛が逆立つ。

牙が尖り、爪が疼き、怒りで身が震え始める……ッ！

大切な『仲間』を傷付けたニンゲンどもに対し、殺意の炎が燃え上がる。

雌狼たちにとって、ニンゲンは恐怖の象徴だった。

度重なる襲撃によって子供以外の雄狼を全て失い、反抗する気力などすっかり奪い取られていた。

感染症に苦しめられていたこともあり、次の襲撃があったら確実に全滅していたことだろう。

……だが、そんなものはもう過去の話だ。

〝コロス。わたしたちのエレンを嫌うニンゲン、全員コロス〟

〝よくもエレンに手を上げたな……コロス〟

〃エレンを、我らを苦しめたニンゲン、皆殺しにする……！〃

雌狼たちは一斉にエレンに駆け寄り、頭をぐりぐりと突き出した。

彼はそれを『撫でてほしい』と思っているサインだと受けとったようだが、実態は違う。

――見られたくなかったのだ。

心から愛するこのヒトにだけは、眼光を輝かせた獰猛(どうもう)な魔獣としての表情を……！

〃アァ、次の襲撃が楽しみだ……ッ！〃

愛するエレンに撫でられながら、静かに怒れるシルバーウルフたち。

彼女たちは気付いていなかった。

エレンへの想いを深めるたびに、その身体に力が湧き上がりつつあることに――！

3：怒りの覚醒（かくせい）

「――うがぁぁあああああああッ！　おのれおのれおのれぇぇえええッ！」

エレンが街を出てから一週間後。

彼の所属していたテイマーギルドのマスターは、全身包帯（ほうたい）まみれで怒り狂（くる）っていた。

執務室（しつむしつ）に男の怒号（どごう）が響き渡る。

――彼に傷を負わせたのは、ギルドで飼っていた三十頭ほどの魔物たちである。

彼らはいきなり『呪縛の魔法紋』を打ち破り、ギルドマスターであるケイズに襲い掛かってきたのだ。

だが、彼は生き延びた。

人間の身でありながら、半数近くの魔物たちを死に追いやり、深手（ふかで）を受けながらも生還（せいかん）したのだ。

その理由は、

「えぇい！　神に選ばれし『魔術師』である、このケイズ様を傷付けおってぇえええッ！」

そう叫ぶと彼は、腕に火炎を纏（まと）わせながら執務室の机を殴りつけた。

一瞬にして机は砕け散り、部屋中に焦げた木片（もくへん）が散乱する。

――『魔術師』。

それは一万人に一人ほどの割合で存在する、『魔術』を使える人間のことだ。

〝死んだ人間を放置したらアンデットになる〟

〝多くの命を奪った武器は不思議な能力を宿す〟

〝特定の紋様を刻めば魔物の自由が奪える〟

――などといった物理法則とは異なる魔の世界法則『魔法』とは違い、魔術はとても実用的だ。

ケイズが腕に炎を宿したように、再現したい自然現象をイメージするだけで限定的に起こすことができるのだ。

術式の規模によって精神力が疲弊するため大災害を発生させることは難しいが、並の人間に比べれば何倍も強いと言えるだろう。

……ゆえに自分を特別視している者も多く、炎魔術の達人であるケイズはその典型のような男なのだが。

「くそ……魔物たちの脱走を許してしまった一件で、我がギルドの名は地に落ちた。魔法の束縛を破るなど、あり得んというのに……」

そう、この数百年の間に魔法紋の呪縛を乗り越える魔物など一匹もいなかった。

例外があるとすれば、なんらかの事故で魔法紋を刻んだ部分の皮膚が傷付いてしまうことくらいだ。

そうならないよう、モンスターを操って様々な仕事を請け負うテイマーギルドの者たちは、魔法紋の状態にだけは常に注意を払っているのだが……、

「ぬぅう……まさか、あの黒髪のエレンのやつがこっそりと切れ目でも刻んでいきおったのか？

えぇいっ、なんと忌々しいガキだ！　身寄りのないところを、せっかく雑用として拾ってやったというのに！」

椅子にどっかりと座るケイズ。

燃えるような赤髪をがりがりと掻きながら唸り声を上げる。

「えぇいまったく、やはり黒髪の人間は害虫だな！　あの日、焼き殺してやった両親と共に死んでおけばよかったのに！

まぁよい、どうせ今ごろどこかで野垂れ死んでいるだろう。今考えるのはギルドの名誉を挽回する方法だ」

……最悪の真実を口にしながら、即座に思考を切り替える。

悪びれた様子など一切なかった。

自分のことを『選ばれし人間』だと自負しているこの男は、黒髪の者に対する差別意識が一層強いのだ。

「そうだ……たしか領主が出している仕事の一つに、森のシルバーウルフどもの殲滅というものがあったな。いくつかのテイマーギルドが襲撃をかけているが、なかなか全滅には追いやれんとか」

森は狼たちの独壇場だ。

立ち並ぶ木々によって弓矢もなかなか飛ばせないため、どのギルドも手をこまねいているという。

だが、

「ククククッ、このケイズ様にうってつけの仕事ではないか！　森など少々焼いてしまえばいいのだ。自然の炎とは違い、魔術の炎は付けるも消すもワシの自由だからなぁ！」

上機嫌に笑うケイズ。

道具とする魔物の補充(ほじゅう)には時間がかかるが、そこは最弱にして最多の魔物『ゴブリン』ならばすぐにでも買い揃(そろ)えられるだろうと考える。

さらにギルドメンバーに武器を持たせ、駄目(だめ)押しに自分が出撃すれば完璧だとニヤけるのだった。

「さぁ、そうと決まれば出発の準備だ。忌々しいシルバーウルフどもを生焼けにして、我がギルドの奴隷にしてくれるわッ！」

——かくして彼は執務室を飛び出していく。

これから向かう銀狼の森が、魔物たちの暴走するきっかけを作った『エレン・アークス』の支配下となっていることも知らずに……！

◆　◇　◆

「はぁ、平和だなぁ……」

草花の揺(ゆ)れる丘の上に寝ころびながら、俺はそんなことを呟いた。

魔物の蔓延(はびこ)る街の外で横になるなんて自殺行為だが、俺の場合は問題ない。

周囲には頼れるシルバーウルフたちが寄り添ってくれているからな。

彼女たちのリーダーである『シル』が、くあぁとあくびをした。

「なぁシル、それにみんな。よかったのか、俺が名前なんて付けても」

シルバーウルフに個体名を名乗る文化などなかったはずだ。

特に人間から名前を与えられるなんて、ペットみたいで嫌だろうに。

しかしシルたちはどうか名前を付けてほしいとせがんできた。

あと、なぜか名字もくれと要求をつけて。

『うむ、エレンにだったら名付けられても構わない！　……ふふふ、シル・アークス……よい名だ……！』

ニヤニヤと笑うリーダーのシル。他の雌狼たちもなぜかそんな感じだった。

「ま、みんながいいならそれでいっか。……にしても、みんなと出会ってからもう一週間と少しかぁ。あれからずいぶん変わったなぁ、俺」

街を飛び出した頃の自分は、完全に自暴自棄に陥っていた。

もしもシルたちに出会う前に飢えた魔物に遭遇していたら、喜んでこの身を差し出していただろう。

――だけど、今は違う。

「みんな、本当にありがとうな。お前たちがよくしてくれるおかげで、俺すっごく幸せなんだ」

『なっ、何を言うかエレン！　わたしたちこそ、エレンのおかげで毎日が幸せなのだぞ!?　そもそ

も お前が助けてくれなかったら死んでいたしなっ』

「ははっ、そっか。じゃあお互いが恩人だな！」

まぁ恩人じゃなくて『恩魔物』なんだけどな。

でも大昔には魔物の上位種である『魔人』なんて存在もいたらしいし、世界のどこかには人間のような魔物もいるのだろうか？

あるいはシルたちもなんらかの条件を満たせばそんな存在になったり……？

——まぁいいや。どんなに容姿がかけ離れていようと、みんなは俺の友達だ。

「これからもよろしくな、みんな！」

『うむっ！　これからもよろしく頼むぞ～っ！』

そう言ってシルはモフモフの身体で俺に抱きついてきた！

他のシルバーウルフたちも『わたしたちもー！』とぐりぐり詰め寄ってくる。

「こっ、こらこら！　そんなに寄ってくるなって！」

『むむっ、もしかしてわたしたちケモノ臭いか!?』

「あぁいや、毛並みがくすぐったかっただけで、むしろ匂いは甘いっていうか……？」

『なっ、甘い匂いが出ていただとっ!?　おいみんな、隠せ隠せっ！』

なぜかそわそわとしだすシルバーウルフたち。

はて、体臭が甘いってそんなにおかしいことだろうか？

ギルドで知り合った魔物たちも、女の子はみんなそのうち甘い匂いがしだしたりしてたんだが……？

一体どういうことだろうかと、首を捻った――その時、

「さぁ者ども、あの丘を越えたらいよいよ森にたどり着くぞーッ！」

……突如として、忌々しい声が丘の麓より響いてきた。

「ッ、この声はまさか!?」

俺が身をかがめながら下を覗き込むと、ギルドマスターであるケイズを始めとしたテイマーギルドの連中が登ってきていた……！

彼らは一様に剣や弓矢を装備し、さらに何十頭もの猿のような魔物『ゴブリン』に鞭を打ちながらこちらに向かってくる。

「……まさかあいつら、森を襲撃しに来たのか!?」

そう思い至った瞬間、頭に血が昇るのを感じた。

あいつらにはゴミ扱いされ、散々殴られて追放された。

それ自体はまぁいいさ。俺が歯を食いしばれば済む話だ。

だけど……仲間を傷付けようとすることだけは、許せない。

俺の大切なシルバーウルフたちに手出しなんてさせるものか！

俺は振り向きながら言い放つ。

「みんな、人間の群れがやってきた！　特にギルドマスターのやつは危険だ。どうにか俺が引き付けるから、みんなは逃げ――」

『逃げるものか』

……俺の言葉は、シルの一言に遮（さえぎ）られた。

気付けば俺の背後には、シルバーウルフたちがザッと整列していた。

まるで、指揮官からの指示を待つ兵士のように。

「お前たち……」

『わたしたちは逃げないぞ、エレン。ニンゲンどもにこれ以上好き勝手させるものか』

凛（りん）とした表情でシルは言い放つ。

その瞳（ひとみ）には恐怖なんて感情は一切なかった。

あるのは怒りと、俺に対する親愛（しんあい）だけだ。

『匂いでわかる。ヤツら……エレンが所属していたというギルドの連中だな？　お前に対して暴行を振るっていたという、あの……ッ！』

グルルルルッという唸り声が銀狼たちの喉から響いた。

高まっていく闘志（とうし）と殺意。彼女たちは今、これ以上ないほど怒り狂っていた。

「み、みんな……俺のために、怒ってくれてるのか？」

『当たり前だ！　だってエレンは、私たちの大切な仲間なんだからなッ！』

――その一言に、俺は思わず泣きそうになってしまった。

本当に素晴らしい仲間たちだ。こんな者たちを襲おうとしているなんて、到底許せるわけがない。

かくして、俺たちの心は一つとなった。

「俺は、おまえたちのために戦いたい」

『私たちは、おまえのために戦いたい』

ああ、ならばどうする？　決まっている！

「『共にやつらを、ぶっ殺そうッ！』」

――彼女たちと同時に叫んだその瞬間、俺の手の甲に鋭い痛みが走った！

焼き鏝を押されたような灼熱。神経すらも炙られるような苦痛に、俺は右手を抑えて膝をつく
……！

「ぐぁぁあッ……!?」

手の甲が熱い。骨が熱い。熱くて痛くて気絶しそうだ。

そんな俺の異常事態に銀狼たちが駆け寄ってくれるも、あまりの苦痛に意識が途切れかけ、彼女たちの声が耳に響かない。

そうして気を失いそうになる刹那(せつな)――突如として脳裏(のうり)に、男とも女とも取れない無機質な声が響いてきた。

『気を楽にしてください、エレン様。今アナタの身に起こっているのは、魂の変革。強き心を得たことで始まった、王の力の完全適合』

魂の変革……王の力……？

まったくもって意味不明の幻聴(げんちょう)だ。だがしかし、その声には無機質ながらも、心からの祝福が込められていた。俺に対する愛が、期待が、希望が、夢が――切実なる信仰が込められていた……！

『その力は決して、アナタを害するものではありません。さぁエレン様――受け入れてください』

幻聴の言葉に身を任せ、深く呼吸して戸惑いを消す。

すると先ほどまで感じていた灼熱が、苦痛をもたらすだけのものから、俺を鼓舞でもするかのような情熱の熱さへと変わっていた。

やがて完全に痛みがなくなったところで、左手を手の甲からどけてみると――。

「っ、なんだ……これ……!?」

そこには、見たこともないような禍々(まがまが)しい紋様(もんよう)が浮かび上がっていた……！

4：覚醒、【魔の紋章】！

手の甲に浮かんだ謎の紋様。
光すら呑み込むほどに黒く、地獄に生えた茨のごとく禍々しい。
その中央には数字でも表しているのか、『I』のような形が刻まれていた。
「これは一体……うッ!?」
突然の事態に戸惑っていると、急に頭部に痛みが走った。
それと同時に、先ほどの声が再び聞こえてきた――！

・『魔物との信愛』『魔物からの信奉』、そして最後に『敵対者への殺意』を確認。
心因条件全達成。これより【魔の紋章：Lv1】の完全覚醒を行います。
二つの力を用い、どうか良き戦いを――新たな時代の■王様。

脳裏に響く謎の声。それに合わせて、この紋章の使い方を本能で理解していく……！

「そうか、これはこう使うのか。――魔の紋章よ、我が同胞に力を与えよッ！」

そう叫んだ瞬間、シルバーウルフたちの身体に変化が起きた。

彼女たちの腹部がわずかに輝き、『呪縛の魔法紋』とも違う赤い紋様が現れたのだ……！

『なっ、なんだこれは⁉　力が湧いてくる⁉』

戸惑いの声を上げるシルバーウルフたち。

――身体能力の増強。それが紋様の効果の一つらしい。

さらにこれだけではないようだ。俺は仲間たちに、心の中で問いかけた。

〝……なぁみんな、聞こえるか？〟

〝むむっ、なんだこれは⁉　頭の中にエレンの声が直接⁉〟

俺の脳内に驚く声が返ってくる。

――意思の伝達。絆を結んだ仲間に対し、テレパシーとも呼ばれる現象を起こせるようになるらしい。

たしか風の魔術に特化した『魔術師』は離れた相手にまで声が届けられるというが、コイツはそれ以上の性能だ。

「風に声を乗せる必要がないなら、遮蔽物に囲まれた空間や、屋内にいる相手とだってやり取りできるはず……！」

地味だがとても便利だ。

身体能力の強化といい、二つとも極めて戦争に特化した能力と言えるだろう。

『な、なぁエレン。何が起きているのかまったくわからないが、だが……！』

「ああ、これは使えるぞ！」

ギルドの連中がこちらに来るまでわずかに時間がある。

息の合った俺たちなら、迎撃準備を整えるには十分だ。

「さぁ、見せてやろうぜ。俺たちの絆の力ってやつを……！」

◆◇◆

「――激しき炎よ、邪魔する全てを焼き払えッ！　『ヘルフレイム』ッ！」

邪悪な業火が銀狼の森を焼き払っていく。

ギルドマスターにして『炎の魔術師』であるケイズは、森の前まで着いて早々、邪魔な木々を燃やし始めた。

「わははははッ！　どうだ、悔しいかぁ狼ども!?　おまえたちの住処が焼けていくぞー!?」

炎弾を放ちながら高笑いを上げるケイズ。手のひらを突き出し、豊かな自然を灰へと変えていく。

森をそのまま手に入れたい領主からしたら頭を抱える光景だが、残虐なケイズには躊躇など一切なかった。

――要は全焼さえしなければいいのだ。

たとえギルドが落ちぶれようが、魔術師であるケイズは国でも貴重な人材だ。

森の一割程度を焼いたくらいなら、領主もそこまで糾弾してこないだろうと彼は考えていた。

「フン、あのケダモノどもは森での戦闘に慣れておる。流石のワシもそこに飛び込むのは遠慮したいからなぁ。――だがそれならば、邪魔な木々を焼き払い、激怒した狼どもを目の前に引きずり出せばいい話よ！」

魔物の思考など単純だ。

こうして住処を炙っていけば、そのうち怒り狂いながら飛び出してくるだろう。

そこにギルドメンバーたちが矢を放って弱らせ、手下であるゴブリンたちに抑え込ませている間に『呪縛の魔法紋』を刻み込めばおしまいだ。

困難な依頼を達成し、さらに新たな戦力も大量に手に入る。

まさに一石二鳥の策だ。これでギルドの汚名を晴らせるだろうとケイズはほくそ笑んでいた。

そうしてギルドメンバーを引き連れながら、木々を何本も焼いていったのだが……、

「……お、おかしい。どうしてやつらは飛び出してこんのだ!?」

困惑の声を上げるケイズ。

いつまで経っても敵が姿を現さないことに戸惑う。

シルバーウルフたちは縄張り意識が強く、森に踏み込んだ時点で襲い掛かってくると聞いていただけに、無反応など予想外だった。

「まさかやつら、森を捨てて逃げたのか……？」

それならそれで別にいい。森を確保せよという領主の依頼は達成できる。

だが、もしも奥地で息を潜めているのなら大変だ。一応は確認しておく必要があるだろう。

「うぅむ、流石にこれ以上森を焼くわけにはいかんからな。仕方がない……ゴブリンたちよ、森を突き進んでいけ！」

『ゴッ、ゴブゥ～……ッ!?』

要するに死地（しち）に向かえという命令である。

もしもシルバーウルフたちが健在ならば、先兵となる彼らは真っ先に群がられて死んでしまうだろう。

しかし魔物を道具扱いしている人間たちに、躊躇なんてものは一切なかった。

「ギルドマスターの命令だ！　オラッ、行けよゴミどもッ！」

「鞭で打つぞゴラァ！」

ゴブリンの背を蹴るテイマーギルドの者たち。

魔法紋の効果で反逆できないことをいいことに、罵倒（ばとう）も暴力もやりたい放題だ。

これが、今の人類が魔物たちに対して取る一般的な態度だった。

『ゴブブゥ……！』

かくして、弱々しく鳴きながら森を突き進んでいくゴブリンたち。

そんな彼らをギルドメンバーたちはニヤニヤと笑いながら見送っていく。

「そら、エサに食いつけよクソオオカミども！」

「なぁ、何匹が生き残るか賭けてみるか？」

そこに哀れみなど一切あらず。

テイマーギルドの者たちは、まるで遊び感覚でゴブリンたちの末路を楽しんでいた。

――だが、その時。

『ゴッ、ゴブーッ⁉』

ある程度進んだところで、ゴブリンたちが悲鳴を上げた！

しかしそれは銀狼たちに噛み付かれたからではない。

突如として足元がへこみ、その場に倒れ込んでしまったからだ――！

「なっ、落とし穴だとぉ⁉」

ケイズは驚愕の声を上げた。

どうしてそんな罠が仕掛けられていたのかと戸惑う。

動物よりも賢いとされる魔物たちだが、それでも落とし穴なんて『人間じみた』罠を作れるなんて聞いたことがない。

そうしてケイズたちが固まっている間に、

『ワォオオオオーーーーーーーーーーンッ！』

「う、うわぁっ出たッ!?　シルバーウルフたちだー!?」

周辺の茂みから銀狼の群れが姿を現した！

彼らはギルドメンバーたちが戸惑っている一瞬の隙を突いてきたのだ。

「あっ、や、やめっ、噛まないでッ、ギャーーーーーーーッ!?」

抵抗する暇すらなかった。

シルバーウルフたちは非常に素早く、飛び出してきたと思った瞬間にはギルドメンバーたちの首筋に噛み付いていたのだ。

血の泡を吹きながら瞬く間に彼らは絶命していく。

「なっ、なんなのだこれはァッ!?　罠を使い、さらには激情に突き動かされることなくこちらの隙を突いてくるだと!?」

意味がわからないッとケイズは吼えた。

周囲にギルドメンバーたちを立たせていたおかげで無事だったが、ほっと息を吐く余裕すらない。

「ワッ、ワシは本当に、魔物の群れと戦っているのか……!?　まるで、訓練された軍隊を相手にしているような……ッ！」

実際にケイズがギルドメンバーに噛み付いた銀狼に炎弾を放とうとすると、その銀狼は指揮官から指示でも出されたかのように走り去ってしまう。

ならば別の相手にと照準を合わせた瞬間、そのシルバーウルフも一瞬で離脱してしまうのだ。

「えぇいっ、ちょこまかと動くなぁッ！」

あちこちに手のひらを向けるケイズ。

しかし相手はすぐに逃げてしまい、彼はその場で右往左往(うおうさおう)することとなる。

「このワシが完全に弄(もてあそ)ばれているだとぉ!?　このゴミどもがっ、生意気なぁーッ！」

そうして次々と手下が倒れていく中、ケイズが怒りの叫びを上げた瞬間――、

「俺の仲間を、ゴミだと言うなぁあああーーッ！」

「なぁっ!?」

すさまじい拳がケイズの顔面に炸裂(さくれつ)した――！

「ぐぎゃひぃいいいいいーーーー!?」

ごろごろと地面を転がっていくケイズ。彼の口から汚らしい悲鳴が上がる。

ああ、全ては一瞬のことだった。

森が焼けていく中、銀狼ばかりを目で追いかけていたためケイズは気付かなかったのだ。

野垂れ死んだと思っていた黒髪の男――エレン・アークスが駆け寄っていたことに……！

◆
◇
◆

「きっ、貴様、エレンッ！　生きておったのか!?」

「ああ、久しぶりだなギルドマスター」

周囲の木々が赤く燃え、銀狼たちが唸る中——俺はかつての上司と対峙する。

炎の魔術師ケイズ。俺の所属していたテイマーギルドの長であり、横暴だが決して馬鹿ではない男だ。

俺が指示を出していたのだと悟ったのか、殴られた鼻をさすりながら睨みつけてくる。

「ぐぅ……そういうことか。貴様がシルバーウルフどもを操っていたのだな。ろくに戦闘力のない貴様が、どうやって狂暴な魔物たちに『呪縛の魔法紋』を刻み込んだ!?」

「勘違いするな。彼女たちは自由意思で俺に従ってくれているんだ。この一週間、コミュニケーションを取り続けたからな」

「なっ、嘘を吐くなゴミがッ！　まだ魔物と会話できるなどとホラを吹いておるのか!?」

ぎゃあぎゃあと喚くケイズ。

どうやら最後まで俺の言うことを信じてくれないらしい。

……この人とは、もう七年の付き合いになるのにな。

「——なぁケイズ。アンタは両親を亡くしたばかりの俺を拾ってくれた相手だ。そのことについてはすごく感謝している」

黒髪の人間は嫌われ者だ。『黒き髪を持つ者は呪われし存在』とも呼ばれ、宗教からも弾圧を受けている。

　ゆえに孤児院に入れてもらうこともできず、幼かった俺は危うく野垂れ死ぬところだった。

　そこで手を差し伸べてくれたのがこの男だ。

　ギルドの雑用係としてだが、彼が拾ってくれたおかげでどうにか今までやってこれた。

「アンタは、俺の養父とも言える相手だ。できることなら殺したくはない」

「ふ、ふん、そうか。ならば周囲の狼どもを退かせて……」

「待てよ、その前に一つ確認がとりたい」

　そう言って俺は、懐から一枚の紙を取り出した。

「な、なんだそれは？」

「アンタが使い終えた業務日誌の1ページだよ。たしか、七年前のものになるかな」

「っ!?」

　七年前。その単語を出した瞬間、ケイズの顔がサーッと真っ青になった。

「……子供だった時の俺は、よく殴ってくるアンタにどうにか好かれたいと思っていてな。いけないことだとわかっていたんだが、アンタの机から古い業務日誌を引っ張り出したんだ。アンタの趣味とか好きなものを知ろうとしてな」

　そう思ってページをめくっていったのだが、『今日は晴れていた。業務はまぁ順調だった』という感じで適当に書かれた文章ばかりだった。もう少し何か書いてくれよって溜め息を吐いたっけなぁ。

……だがしかし、1ページだけやたらと上機嫌に書かれたところがあった。

ちょうど俺の家が誰かに燃やされた日だ。そこにはこう記されていた。

『今日はゴミムシの住処を焼いた！　黒い害虫どもがさらに黒く焼けて面白かった！』——その文章を読んだ瞬間、俺は全力で真実から目を背けたさ。あぁ、ギルドマスターはきっとゴキブリの巣でも焼いたんだなって、文章通りに捉えることにした」

だって、受け止められるわけがないだろう。

自分を拾ってくれた養父が、自分の両親を焼き殺した相手かもしれないなんてな。

「当時の俺は子供だった。そんな現実を理解してしまったら、きっと憎しみと悲しみで心が壊れていただろう。

——だけど、いい加減に向き合うことにするよ。なぁケイズ、俺の両親を殺したのはおまえなのか？」

「っ、それは……！」

わずかに言い淀むケイズ。

即座に否定しなかった時点で、もはや答えは明白だった。

「ああ、そうかよ」

——轟々と木々が燃え盛る中、俺は『仇』へと拳を向ける！

「これで遠慮なく戦えるッ！　来いよケイズ、おまえを殺すッ！」

「ぬぅううう……ッ！　死にぞこないの害虫風情がッ、調子に乗るなァアアアアアーーーーーッ！」

かくして炎の魔術師との決戦が始まった！

両手から無数の炎弾を放つケイズ。対して俺は右に左にとそれらをどうにか避けながら、ヤツに向かって突き進んでいく！

『エレンッ、加勢するぞ！』

シルを始めとしたシルバーウルフたちが吼える。

だがケイズが「やれぇ手下どもッ！」と叫ぶと、『呪縛の魔法紋』を刻まれたゴブリンたちが銀狼の群れに立ちふさがった……！

『チッ、もう落とし穴から這い出ていたか……』

『うぅ、すまんゴブゥ……！』

詫びながらもシルたちに襲い掛かる魔物たち。

魔法紋の呪縛は絶対的だ。どんなに彼らが嫌がろうとも、主君であるケイズには逆らえない。

「さぁどうしたゴミムシッ！　ワシを殺すんじゃなかったのかぁ!?　貴様も両親と同じように焼き払ってくれるわ！」

炎弾の連射は激しさを増していく。

一発でもまともに当たれば黒焦げだ。時には地面を転がりながらやり過ごすも、想像以上にこれはキツい。

「チッ、何か手は……」

戦いの中で切れる手札を考える。

もしも短剣の一本でも持っていれば投げるなりできたが、残念ながら俺は『黒髪の者』だ。何をしでかすかわからない害虫に武器を売ってくれる者などいなかった。

それに給料もほとんどもらえなかったため、私物といえば両親が遺してくれたローブくらいしか……。

「ッ、ローブ……これを使えば……だが……ッ」

「フハハハハッ！　死ね死ね死ねぇーーーーーーっ！」

迷っている間にも攻撃は続き、熱さと疲労によってジワジワと体力を削られていく。

避けきるのもここらへんが限界か。ならば――ッ！

「父さん、母さんっ、力を貸してくれッ！」

そう言って俺は、纏っていたローブを丸めてケイズに投げつけた！

それを見てつまらなそうな顔をするケイズ。両腕に炎を纏わせ、「悪あがきのつもりか」とローブを焼き払う。

――ああ、その瞬間を待っていた！

「むぅっ!?」

驚愕の声を上げるケイズ。ローブが灰へと変わる刹那、ばさりと広がってヤツの視界をふさいだのだ――！

さらにここで幸運が起きる。使い古されたローブの繊維は非常に脆くなっており、炭化した生地が細かく砕けてケイズの顔にかかったのである！

「ぬぁッ!?　くそっ、目に――!?」

仇が怯む姿に、俺は両親の遺志を感じた――！

あぁやってやるさ。これで大きな隙ができた！

俺は一気に接近しッ、

「これでくたばれッ、クソ野郎がァーーーーーーーーーーーッ！」

その顔面をもう一度ブン殴った！

捻るようにして叩き込んだ拳はヤツの鼻を完全に粉砕し、ケイズは「ぐぎぃいいいいーーーーッ!?」という悲鳴を上げて転がっていく！

「うぐっ、ぐぅうう……貴様ぁあぁああ……！」

二度にわたる全力の拳を受け、ケイズは満身創痍のありさまだった。

魔物ばかりに無茶させていた男だからなぁ、俺と違って殴られ慣れていないのだろう。

すでに膝がガクガクと震え、立ち上がることすら難しいようだ。

「殺すッ、絶対に殺すぅ……ッ！」

しかし命には別状はないらしい。まぁそれも当然か、ただのパンチを食らっただけだからな。

だが、

「さて……どうにか間に合ったみたいだな。悪いがケイズ、おまえは終わりだ」

「なっ、馬鹿を言うなよゴミクズがぁッ!?　選ばれし魔術の才を持つこのワシが、貴様のようなガキに負けるわけがっ――」

ヤツの言葉は最後まで続かない。

なぜならケイズの背後より、火炎放射が浴びせられたからだ……！

「うっぎゃぁあああああーーーーーッ!? なぁっ、なにがぁあああぁッ!?」

全身を燃やしながら吼え叫ぶケイズ。

眼球さえも蒸発する中、ヤツは背後を振り向いた。

そこには、

『話は聞かせてもらったわ。これは、アンタに焼き殺されたエレンのご両親の分よ』

『みんなでコイツを殺しちゃお～っ！』

『グゴォオオオッ！ ゴロズゥウウッ！』

――サラマンダーのサラを始めとして、スライムのラミィやトロールのトロロなど、俺がギルドで絆を紡いできた仲間たちがいたのである……！

「久しぶりだな、みんな！」

『えぇ、何匹かは脱走するときにコイツに殺されちゃったけどね。……にしても驚いたわ、いきなり身体に変な紋章が現れたと思ったら、エレンの声が聞こえてきたんだから』

そう、突如として俺の手に現れた『魔の紋章』。その加護を受けたのは、シルバーウルフたちだけではなかった。

俺を探すために街の外に飛び出したというサラやラミィたちにまで加護が届いたのだ。

それによって彼女たちとも念話することが可能になり、この場に呼び寄せ続けていた。

「どうやら紋章の加護を与えることができるのは、『目の前の魔物』じゃなくて『絆を結んだ魔物』って条件らしいな」

そいつは嬉しい限りだよ。距離を無視して仲間と繋がれることはもちろん、無理やりにでも刻むことができる『呪縛の魔法紋』とはまったく違う仕様だ。

俺は間違っても目の前で悶絶しているクソ野郎のように、魔物の心を無視して奴隷にするなんて真似はしたくないからなぁ。

「そうやって多くの者を傷付けた結果が、今のお前の状況だよ。そら、いつもみたいにみんなを罵ってみろよ」

「ぐぁあああああぁッ!?」

もはやケイズには悪態を吐く余裕もないようだ。

焼ける痛みに悶え苦しみ、「助けてくれーッ！」と絶叫を上げる。

だが、俺にはもはやコイツに対する情などなかった。

――他の連中は特に、な。

「よく聞けケイズ。どうして俺がおまえのことを素手で殴っていたと思う？　鋭い枝や石でも装備していれば、おまえを殺すことだってできたのに」

「は、はぁ!?　そ、そんなの……ッ!?」

「わからないよなぁ、察せないよなぁ!? 魔物を道具扱いするおまえには、一生かかってもわからないだろうさ。――だからみんな、教えてやろうぜ」

そう言い放った瞬間、無数の石礫がケイズに炸裂した！

焼け焦げた血肉が弾け飛び、ケイズは豚のような悲鳴を上げて地面を転がる――！

「ぎゃぁあぁあああああーーーッ!? なっ、貴様らは、貴様らはぁあぁあッ!?」

傲慢な態度から一転、ガクガクと震えながら周囲を見上げるケイズ。

――いつの間にか彼の周囲には、つい先ほどまで奴隷としていたゴブリンたちが立っていた……！

『ゴブゥッ、よくもコキ使ってくれたなぁ……ッ！』

『殺してやるゴブゥ……グチャグチャに踏み潰してぶっ殺してやる……ッ！』

小石や鋭い枝を手に、瞳をぎらつかせるゴブリンたち。

もはや彼らに『呪縛の魔法紋』は存在しない。

そんなもの、頼れるシルバーウルフたちがとっくに爪で引き裂いてしまったからだ。

それによって皮膚から血が流れているが、怒り狂っているゴブリンたちには関係ない。

殺意と憎悪を滾らせながら、ケイズを鋭く睨みつける――！

「こういうことだ。おまえを殺したいヤツは大勢いるからな、そいつらに役目を譲ってやったってわけだ」

「ひっ、そんなッ、お、おいエレンッ、ワシを助けろぉおおッ！？」

「知るかよゴミが。頼むんだったら、周囲の魔物たちにしろよ」

「うぐぅ……っ!?」

俺の言葉を受け、ここでようやくケイズは魔物たちと瞳を合わせる。

彼は屈辱を噛み締めながらも跪くと、必死で舌を回し始めた。

「はっ、はは、話し合おうッ！　暴力なんて野蛮なことだっ、今までのことは謝るからどうか鎮まってくれ！」

泣き震えながら魔物たちに語り掛けるケイズ。

――だがしかし、意思の疎通を図るにはもう遅い。

すでに魔物たちは、目の前の男を殺すと決意していた。

仲間を殺されたサラたちやシルバーウルフたちも交ざり、ゆっくりとケイズに近づいていく。

「やっ、やめてくれッ！　悪かった、ワシが全部悪かった！　話せばわかるから、なッ!?」

『死ねぇえええええーーーーーーッ！』

「ぎゃあああああああああああーーーーーーーーーッ!?」

森に轟く断末魔。

かくしてケイズは日が沈むまで、魔物たちによって嬲り尽くされていったのだった――！

・条件達成、『敵対者の殺害』を確認。

【魔の紋章】の深度(レベル)上昇と共に、能力を追加します。

5：魔城招来

――戦いを終えた翌日。

俺は森の片隅に、今までギルドの連中に殺されてきた魔物たちの墓を作った。

俺のために脱走しようとしてケイズにやられた者はもちろん、過労死させられた者や、不当な暴力で亡くなった者も含め、全ての仲間たちを弔う。

最後にその中心に、亡き両親の墓も作った。

石を積み上げただけの簡素なものだが、黒髪の人間は墓を建てることすら許されてこなかったからな……。

「父さんに母さん、それにみんな、ギルドの連中はぶっ殺したよ。あの世でちゃんと見ててくれたか？」

『フッ、きっと喜んでいるだろう。……オスのシルバーウルフたちもな』

寂しげに笑うリーダーのシル。

――もちろん忘れたりしないさ。かつて群れを守るために散っていったという雄狼たちの墓も、これを機会に作っておいた。

彼らの奮闘があったからこそ、俺はシルたちと出会うことができたんだからな。

「……にしてもよかったのか、シル。みんなで守ってきたっていう大切な森の一部が焼けてしまったんだが……」

そう。ギルドの連中が森にたどり着く前に勝負を仕掛けるという策もあった。

俺が彼らの前に立ち、口八丁（くちはっちょう）でどうにか注目を集めている間に、大回りしたシルたちに背後から襲ってもらうという具合にな。

だが、それに対してシルたちは首を横に振った。

〝それではエレンの身が危ないだろう。たとえ森が焼けてもいいから、犠牲者を出さずに敵を倒したい〟と言って。

『うむ、そのことならば気にするな。安全に勝利するためならば森なんて焼けてしまって構わない』

「ってよくないだろ!?　ここはおまえたちの大切な居場所なのにっ！」

『別にいいのだ。……今やわたしたちの居場所は、おまえの側（そば）なのだからな』

「っ、シル……！」

――ああ、こんなにありがたい言葉をもらえる俺は幸せ者だ。

本当に銀狼たちと出会えてよかった。思わず涙ぐみそうになってしまう。

「……ありがとうな、シル。よし、湿（しめ）っぽいのはこのへんにしようか！」

『うむ！』

元気に答えるシルを撫で、俺は後ろを振り返った。

そこにはシルバーウルフたちを始めとし、俺のためにギルドを脱走してきてくれたみんなや、新たに仲間になったゴブリンたちがいた。

『きっー！　見せつけてんじゃないわよっ、エレンと最初に仲良くなったのは私たちなんだからね！』

サラマンダーのサラが炎をボーボー出しながら叫ぶ。

そこにスライムのラミィが『まぁまぁ、嫉妬しない嫉妬しない～！』とほんわか嗜めた。

『し、嫉妬じゃないわよバカッ！　……それで、これからどうするの？　魔術師のケイズが負けたと知ったら、もっと強い軍勢がやってきそうなものだけど……』

「たしかにな。この地の領主からしたら俺たちの存在は危なすぎる」

魔術師、それは人間社会において絶対的な強者である。

一万人に一人しか素養を持つ者は現れないものの、その力たるや数十匹分の魔物にすら匹敵する。

今回は奇襲によってケイズの心を乱し、接近戦に持ち込んだからこそ勝てたが、もしもヤツが後方から炎弾を放ちまくることだけに集中していたら負けていたはずだ。

戦争においてあれほど有用な人材はいないだろう。

――そんな存在をぶっ殺した連中が街の近くにいたら、領主様は眠れやしないはずだ。

「あちこちのテイマーギルドに声をかけたり、王都に連絡して騎士団を派遣してくる可能性もある。そうなれば俺たちはおしまいだ」

だがしかし、

「それで……たとえどこかに逃げたとしても、俺たちにとって安住の地なんてあると思うか？　このニダヴェリール王国はもちろん、近隣の国々も黒髪の人間や魔物たちには差別的だ。特にミズガルズ聖教国なんてところは、魔に属する存在を皆殺しにしていると聞く。逃げ場なんてどこにもないんだよ」

『それはたしかに……』

俺の言葉に、サラを始めとした魔物たちがうなだれる。

全員わかっているのだ。シルバーウルフの住まうこの森が度重なる襲撃を受けたように、どこにいようがいつかは全ての魔物が人間に隷属させられるだろうということを……！

「俺は、そんなのは嫌だ……！　シルやサラたちが俺のことを大切だと思ってくれているように、俺だってみんなのことが大切だ！

黒髪だとか、魔物だとか、そんなつまらないことで差別されるほうが馬鹿らしいんだよ、やってられるかっ！」

吐き捨てるようにそう言い放つと、みんなも怒りの宿った表情で頷いてくれた。

そう、俺たちには怒る権利がある。いつまでもビクビクと震えながら一生を過ごしていくなんて、断じて御免だ！

『うむッ、エレンの言う通りだ！　ただ我らが魔物というだけで、どうしてデカい面をされなければいけないのだッ！』

『フンッ、そこのワンコロに同意するのは癪だけど、私も同じ気持ちよ。もう虐げられる日々はこりごりだわ』

怒りを燃やすシルバーウルフたちやサラたち。

さらにはゴブリンたちも同意見だと言ってくれた。

『へへッ、流石はエレンのアニキッ！　いいこと言うゴブねぇ！　このゴブゾー、胸に響いたゴブッ！』

「お、おう。ていうかアニキってなんだ……？」

『アニキはアニキゴブッ！　ゴブリンなんておやつくらいにしか思ってないだろうシルバーウルフの姐さんたちやらに慕われてるなんて、こりゃぁー付き従うしかないゴブッ！　長いものには巻かれろゴブゥ～！』

……胸を張りながらそんなことを言うゴブゾーと、『流石はリーダー！　ゴブリンの鑑ゴブゥ～！』とゴブゾーをほめそやすゴブリンたち。

最多にして最弱の種族というだけあって、生き方もある意味徹底しているなぁ。

こうした気質があるからか、人間たちはみんなゴブリンのことを〝プライドの欠片もない奴隷種族〟と見下しているが、

「安心してくれ、ゴブリンたち」

俺はゴブゾーの肩にそっと手を置いた。

内心怯えを隠していたのか、その小さな肩がわずかに震える。

『ゴッ、ゴブ……ッ!?』

「大丈夫だ。俺は決して、おまえたちの生き方を見下さない。

……仕方なかったんだよな。そうしないと、生きてこれなかったんだもんな」

人間の子供程度の大きさしかないゴブリンたちは、身体能力や生命力もそれとほぼ同程度だ。

自然界ではもちろん、人間に飼われるようになってからもちょっとしたことで死んでしまうのだ。

だからこそ彼らは、少しでも大切に扱ってもらうために、プライドを殺して強者に媚(こ)びる生き方を選んだのである。

「おまえたちはたしかに最弱かもしれない。だけど、そんな最弱の身でありながら、この辛(つら)い世界でもっとも数を増やしてきたおまえたちは、間違いなく『最強の種族』だ……！

そんなおまえたちの力を、どうか俺たちに貸してほしい！」

目を合わせながらそう言うと、ゴブゾーは『ふぇッッ!?』と変な声を上げながら震え始めた。

『ずっ……ずずっ、ずっと弱くて汚い種族だって馬鹿にされてきたのにっ、そんなことを言われたのは初めてゴブゥ〜〜〜ッ!?』

顔を赤くしながら泣き出すゴブゾー。

彼に続いて他のゴブリンたちも『あの人、本当にケイズのアホと同じ人間ゴブかッ!?』『ホワイト上司ゴブッ、あの人こそ伝説のホワイト上司ってヤツゴブ！』と騒ぎ始めたりと、なんとも可愛い連中だ。

——そう。人々が醜くて邪悪だと嫌う魔物たちだが、本当はみんな個性豊かで素敵(すてき)なやつらなんだよ。

だからこそ俺は、そんな者たちのために戦っていきたい。

「俺の右手に宿った紋章も、みんなを守るためにあるものなんだと信じてる。

……まさに『逃げずに戦え』っていうように、新しい力にも目覚めたしな」

そう言って俺は、右手に刻まれた『魔の紋章』を突き出した。

その中央に刻まれた数字は、今や『Ⅰ』から『Ⅱ』へと変化している。

「ケイズを倒したあと、また頭の中に声が響いてきたんだ。

曰く、『眷属強化』と『意思の伝達』に加え、『魔城招来』という能力が使用可能になったそうだ」

『魔城、招来……!?』

俺の言葉に魔物たちは息を呑む。

額面通りに捉えるのなら、城を呼び寄せる能力ということだろう。

そして魔城というからには、ただレンガを積み重ねただけの普通の城ではないはずだ。

「俺は決めた。両親や仲間たちの墓を守るためにも、この地で戦っていこうと。

もう誰にも何も奪わせない。あらゆる邪魔者を退けて、そしていつか作り上げてやるんだよ……

俺たちにとっての理想の国家を……！」

『私たちの、国を……ッ!?』

目を輝かせる魔物たち。

生まれた時からずっとヒトに脅かされてきた彼らにとって、それはとてつもなく魅力的な言葉だったのだろう。

誰にも虐げられない理想の世界を夢見て、誰もが恍惚とした顔をする。

俺はフッと笑いながら、そんな彼らに向かって腕を突き出した。

「ここから先は修羅(しゅら)の道だ！　あらゆる国家のあらゆる者が、俺たちの理想を否定しようと襲ってくるだろうッ！

だがそれでも、俺はもう逃げたくないッ！　そんな俺と気持ちを同じくする者は、どうか声を上げてほしいッ！」

『オォオオオオオオオオオオオオーーーーッ！』

森に轟く仲間たちの咆哮……！

シルバーウルフが、ゴブリンが、サラマンダーやスライムやオークなど様々な種族の魔物たちが、俺の決意へと応えてくれた……！

「ありがとう……本当にありがとうなっ、みんな！」

彼らの叫びに胸を打たれながら、俺は『魔の紋章』へと想いを込める。

そしてッ、

「反逆の時はやってきた！　我らが叫びに応え、この地に現れろッ！　『魔城招来』！」

そう唱えた瞬間、『魔の紋章』が鋭く輝き、大地を揺るがす大地震が巻き起こった——！

無数の木々が倒れ、驚いた鳥たちが空へと飛び立っていく。

そんな中で俺たちは見た。

「……こいつは……！」

森への中心へと現れた、天を衝(つ)くような漆黒の巨城を——！

◆　◇　◆

――森の中央に現れた漆黒の巨城。

あちらこちらに鋭利なデザインが目立ち、ただそこにあるだけで敵対者を威嚇しているような雰囲気を感じる。

その門前まで、俺は魔物たちを引き連れてきていた。

「まさに『魔城』って感じだな……。よしみんな、とりあえず入ってみるか」

そうして俺が、巨大な門へと手をかけようとした時だ。

ギィィィィッという音を立て、勝手に門が開き始めたのである……！

そして、

「――ようこそおいでくださりました、エレン・アークス様」

俺たちの前に現れたのは、純白の肌と髪色をしたメイド服の少女だった。

色白……というにはあまりにも透明感がありすぎる。くりっとした赤い瞳以外は本当に真っ白だ。

他に何か目立ったところがあるとすれば、周囲にふよふよといくつかの人魂が浮かんでおり、さらに湧き立つ仄かな妖気が彼女の髪を薄紫にも見せていて――って、人魂!?　妖気ッ!?

「なっ、キミは一体……？」

「あぁ、申し遅れました。――わたくしはこの城の管理をしている、幽霊メイドのレイアと申します」

……そう言って彼女は、にっこりと可愛らしく微笑むのだった。

6：魔城・グラズヘイム

「申し訳ありません。ずいぶんと驚かせてしまったようですねぇ……」

「いやすまない、幽霊なんて初めて見たものだからなぁ……」

衝撃の出会いから数分後、俺たちは魔城の中にある客間へと通されていた。

禍々しい城の外観に比べて、内部は普通に綺麗で豪華だ。絵画や置物などもいくつか並んでおり、住まう者の目を楽しませようという工夫がなされている。

だが、魔物たちのほうは内装に目をやる余裕はなさそうだな。レイアのことを少し警戒した目で注視している。

特に気の弱いゴブリン軍団なんて、レイアが幽霊だとわかった瞬間に『ひぇーッ!?』と悲鳴を上げて失神しかけて以来、揃ってビクビク震えながら俺の背中に隠れているくらいだ。

「あはは、嫌われちゃいましたかねぇ……」

少しだけ寂しそうに笑うレイア。

……一応、幽霊こと『ゴースト』も魔物の一種とされている。

未練を残した人間が生まれ変わった存在なのだそうだが、しかしその在り方はもはや災害に近い。

何せ完全に理性を失くしており、無差別に呪いなどを振りまくそうだからなぁ。魔物的にも恐ろしい怪物なわけだ。

だが今のところ、レイアからはそういった面は見られなかった。

ちゃんと話もできるし、ちょっと妖気が出てて周囲に火の玉が漂ってるくらいで、あとは普通の女の子って感じだ。

ならいいか。

「えとっ……エレン様も、わたくしのこと怖いって思います……？」

「いや、今慣れたから大丈夫だ」

「って慣れるの早いですね!?　さ、流石は『魔の紋章』の適合者様……！」

俺の言葉に驚きつつ、レイアは「よかったぁ」と安心した表情を浮かべてくれた。

うんうん、やっぱり普通の女の子って感じだな。

しかし、

『って待て待てエレンよっ、あっさりと信じすぎだぞ!?』

『そうよ！　相手はゴースト、悪霊なのよ!?』

俺とレイアの間に、シルバーウルフのシルとサラマンダーのサラがずずいっと割り込んできた。

彼女たちは喉を鳴らしながらレイアを睨む。

『すまないが、わたしたちはエレンのように優しくないぞ。無害だとわかるまで近づかないでもらおうか？』

『えぇ。エレンの力はわけわかんないとこが多いんだもの。もしかしたら力の持ち主を試すために、害ある存在を呼び出すことだってあるかもしれないわ』

俺を守ろうと立ちはだかる二人。

そんな少女たちにレイアは「あはは……」と苦笑を漏らすばかりだ。

「まぁ、それが当然の反応ですよね。でも信じてください、わたくしもアナタたちと同じくエレン様の味方ですからっ！　証拠だって出せるんですよ？」

「証拠？」

幽霊メイドの言葉に首をかしげる。

すると彼女は、なぜかスカートの端を掴み――、

「えとっ……これが証拠、だったりします……♡」

そう言って、俺の前でたくし上げてきたのだった――！

って、何やってんだーーーーーーっ!?

「ほ、ほらほら見てくださいっ！　下腹部のところに、シルさんやサラさんと同じ赤い紋章があるでしょうっ!?　これは『眷属化の紋章』といって、エレン様に対する信愛が一定以上に達してないと浮かばないモノで――」

「いやわかったからスカート下げてくれっ！」

たしかに彼女のなだらかな下腹部には赤い紋章が刻まれているが、そのすぐ下にある黒い下着が気になって気が気じゃないっ！

この子ホント何やってんの!?

「ねぇ目をそらさないでちゃんと見てくださいよエレン様ッ！　それにレイアさんやシルさんも見

てくださいホラホラホラッ！　嫌われたままなんて嫌なんですよっ！　さぁこれでわたくしを信頼してくださいッッッ！」

『『ひえっ、なにこいつッ⁉』』

……ドン引きしながら逃走するシル＆サラと、涙目で「嫌わないでーっ！」と叫びながら彼女たちを追いかけるレイア（※下半身露出しながら）。

あまりにもカオスな状況に、俺は頭痛を覚えるのだった……！

◆◇◆

「――お、お恥ずかしいところを見せてしまいましたね。とりあえずわたくしのことは、悪霊は悪霊でも無害な悪霊ということで信じてくだされば……」

「あ、あぁ、危険な存在じゃないってことはわかったよ（別の意味で危険だとわかったが……）」

あれから数分後。落ち着きを取り戻したレイアと会話を再開することにした。

ちなみにシルやサラは客間の隅で縮こまっている。もうレイアのことは警戒していない……というか、あんまり関わり合いになりたくないらしい。他の魔物たちも似たような様子だ。

まぁぶっちゃけ俺もちょっと怖いが、今は情報が欲しいからな。彼女にいくつか質問していこう。

「なぁレイア、色々と知っている様子だから聞かせてほしい。そもそも、『魔の紋章』っていうのはなんなんだ？」

そう言って俺は、手の甲に刻まれた未知の紋様をレイアに見せた。

すると彼女は目を細めながら「なつかしいですねぇ……」と呟き、俺の質問に答える。

「端的に言いましょう。——それはかつて世界を征服しにかかったという、『魔王』の力です」

「っ……！」

驚くのと同時に、〝やはり〟という思いがよぎった。

絆を結んだ『魔物』を強くし、さらには『王』に相応しいような城まで呼び寄せる紋章なのだ。

その出所が魔王というなら、むしろ納得したという感じである。

「その、魔王はどうして俺にこの力を？　どこかで生きているのか？」

「……いいえ、彼女はすでに死んでいます。

しかし魔王は死に際、『自分ともっとも精神性の近い人間』に自身の力を移す呪いを残していきました。

すなわち、心から魔物を愛せる人間へと……」

「そうか、それが俺ってわけか……！」

伝承曰く、世にはびこる魔物たちは魔王が生み出した新種の生命らしい。

すなわち魔王にとっては息子や娘みたいなものだ。そりゃあ愛していたことだろう。

そして俺もまた、両親を殺された孤独の中、唯一親しく接してくれた魔物たちのことを家族のように思っていた。

そうした共通点から、俺は『魔の紋章』に選ばれることになったってわけか。

そこまでわかったところで、シルやサラたちがなぜか『むふーッ！』と誇らしげに胸を張った。

『フフンッ、エレンを後継者に選ぶとはわかっているじゃないか魔王よ！　流石は私たちのご先祖様だ！』

『フンッ、そこのワンコロに同意するのは癪だけど、私も同じ気持ちよ。死んでるくせにいい判断をするじゃないの魔王様！』

仲良く『ナイスジャッジッ！』と笑顔を浮かべる仲間たち。

てかどうでもいいけどサラって、シルのことをワンコロ呼ばわりして警戒している割にはいつも同意見だよなぁ。

「うふふっ、みなさんエレン様のことが大好きなんですね〜」

そんな愉快（ゆかい）な仲間たちを見て、レイアはほっこりとした笑みを浮かべる。

「（――ああ、そういえばさっき気になるところが一つあったな）」

伝承では魔王は男とされているが、レイアのやつ、さっき魔王を『彼女』って呼んでいたような……？

まぁ、それはあとで聞けばいいか。些細な言い間違いかもしれないし、他に聞きたいことがいくつもあるからな。

「『魔の紋章』が魔王由来の力ってことはわかった。じゃあサラたちギルドの魔物が『呪縛の魔法紋』を打ち破ったことも、紋章が関係しているのか？」

「ええ。一週間ほど前の時点で、すでにエレン様は力に目覚める直前でしたからね。紋章の力の一つである『眷属強化』が微弱に発動していたのでしょう。アレは魔物の身体能力だけでなく、魔術などへの霊的耐性を高める効果もありますから」

「なるほどな。……にしてもレイア、どうして一週間前の俺の様子を知ってるんだ？　それに初対面のはずなのに、俺のことを信じていないと刻まれないっていう『眷属化の刻印』だって刻まれてたし」

「あ〜……それはその……わたくしには紋章の適合者様を見る能力がありまして、失礼ながらエレン様のお人柄をチェックしていたといいますか……！」

恥ずかしげに頬を掻くレイア。

って要するに、俺のことを盗み見てたってことか……！

突然スカートをまくり上げるところも含め、この子って――、

「へ、変態……!?」

「って違いますよッ!?　わたくしはあくまでっ、継承者様の人格を見極めようと思っていただけですってー！」

顔を真っ赤にして叫ぶレイア。色々と残念なところはあるが、わたわたとしている姿が可愛らしい。

「ごめんごめん、半分冗談だって」

「なんだ冗談ですか……って半分!?　半分は本気で変態だと思ってるんですか!?」

「はははは」

「笑ってごまかしたー!?」

涙目になる彼女の様子に、俺は本当にこの子は無害なのだと確信する。

……悪霊ということは元は人間だってことだ。ヒトの社会で散々な目にあってきた者として、こっちも人柄を見極めたかったからな。

彼女には悪いがちょっぴりいじらせてもらった。

「もぉ〜っ！」

「ごめんって。……それで質問の続きだが、キミはそもそも何者なんだ？　この魔城とやらの管理を任されていることといい、やっぱり魔王の側仕えだったり？」

「あっ、それは…………いえ、その通りですよ。いつか『魔の紋章』の適合者様が現れたらお世話するよう、魔王様から仰せつかった身なんですっ！」

そう言って「なんでも答えれちゃいますよーっ！」と豊かな胸を張るレイア。可愛い。

ともかく彼女の存在はすごく助かる。

俺たちにとって『魔の紋章』は最大にして唯一の武器だ。

ソレがまったくわけのわからん状態のままなら、途方に暮れていたしな。アフターサービスも万全な魔王様に感謝だ。

「じゃあレイア、新しく仲間になったキミにも言っておきたい。

——俺はこの世界に、魔物が冷遇されない『理想の国家』を作りたいんだ」

真剣な眼差しでレイアに告げる。

　俺の理想は世界から危険視されるものだ。忠告の意味も込めて彼女には聞かせておきたい。

「ただでさえ俺は黒髪の嫌われ者だ。そんな存在がそんな野望を堂々と掲げようものなら、世界中の人間が即座に殺しに来るだろう。

だからレイア、キミが魔王に『紋章の適合者を助けろ』と命令されているというだけで俺に協力するのなら、やめておいたほうがいい」

「っ……」

　俺の言葉に、彼女はわずかに目を見開いた。

　――そして、フッとやわらかく笑みを浮かべた。

「レイア……？」

「エレン様……アナタは本当にお優しい人ですね。もしもこれでわたくしが『ハイそうですか』と魔城の説明などもいわずに出て行ったら、困るのはアナタでしょうに」

「うっ、それはまぁそうなんだが……!?　でも言っとかなきゃ悪いだろっ！　幽霊だとか魔王の従者である以前に、レイアは女の子なんだ。男として、無理やり危険な目にあわせるわけにはいかないだろうがっ！」

「お、女の子って……フフッ、もうエレン様ってばっ……そんな扱いをされたのは初めてですよぉ
……！」

「そうなのかぁ？」

　どっからどう見ても可愛らしい女の子なんだが、そりゃ不思議な話もあったものだ。

首を捻る俺の様子がおかしかったのか、クスクスと笑うレイアの目じりに涙が溜まり始めた。

「……知っていますかエレン様？　魔王はかつて、魔物という異形の生命を生み出す能力を持っていたことから、人々に忌み嫌われていたそうです。

でももし世界中の人々がアナタみたいな感じだったら、魔王も暴走を始めなかったでしょうねぇ

……」

目じりの涙を拭いながらレイアは呟く。

そして『魔の紋章』が宿った俺の手に、そっと自身の白い手を重ねてきた。

実体こそないものの、ひんやりとした霊気の感覚を感じる。

「レ、レイア？」

「ふふっ、合格ですよエレン様！　アナタにはこの『魔城グラズヘイム』の全機能使用権を譲渡します！」

「合格って……うッ！？」

彼女が笑顔で告げてきた瞬間、俺の頭に数々の情報が流れ込んできた――！

・■代■■レイアの権限により、エレン・アークスを正式権利者として承認。
　これより、魔王専用特級魔宝具『魔城グラズヘイム』の全機能使用権を譲渡します。
・防衛機能【瘴気結界】の使用が可能になりました。

・転移機能【天翔陣】の使用が可能になりました。
・撃滅機能【ジェノサイド・セブンスレーザー】の使用が可能になりました。

「これはまた、どれもすごいな……！」

痛む頭を抱えながらも、この城の常識外れっぷりに驚いてしまう。

まず【瘴気結界】。これは周辺を人体に有害な毒素『瘴気』で覆ってしまうというものらしい。

瘴気の影響を受けない者は、魔物と『魔の紋章』を持つ者だけだ。まずほとんどの侵入者はこれで阻める。

次に【天翔陣】。城に刻まれた陣の上に立つと、世界の九か所に魔王がこっそり建てていった祠に移動できるらしい。空間の転移なんて聞いたことがないぞ。

そして最後に【ジェノサイド・セブンスレーザー】。

これはもう……なんというか滅茶苦茶だ。七つの極大破壊光線をぶっ放して、全てを滅ぼすとか説明にあった。

ただし地脈からエネルギーを吸わなければいけないため一日何度も使えるわけじゃないようだが、ともかく強力すぎて意味わからんことには変わりない。

「魔王め、最後のヤツは絶対に調子こいて搭載しただろ……なんか一つだけ名前も浮いてるし」

「あはは……魔王は晩年、人間たちに対抗するために『魔宝具』の開発に力を入れていましたからね。

バリバリに殺意が滾っていたことはもちろん、特大火力をぶっ放すことに気持ちよくなって、この城を造る際に付けてみちゃったといいますか……」

「そっかぁ～気持ちよくなっちゃったのか～……」

わりと愉快な性格してたんだなー魔王って……。

ちなみに『魔宝具』とは、『魔鉱石』という素材を使った不思議な力を持つ超兵器のことだ。

しかし数百年前の魔王と人類の大戦争にて、どちらの軍も鉱石を取りまくっては兵器にして戦場に投入しまくっていたために、今やほとんど採掘できなくなってしまったらしい。

現存の魔宝具もわずかにしか残っていないため、各国の宮廷魔術師しか所持を許さないとされている。

「この城も、現代に残った貴重な魔宝具ってわけか。気前よくくれた魔王様に感謝しないとな」

「ふふ、武器庫にも少しは有用な物が残っていますので、あとで確認してくださいね。

――ともかくエレン様。これでアナタは正式に、魔王の跡を引き継ぐ身となりました。先ほどとは逆にわたくしのほうから問いかけますが、あらゆる勢力から魔物たちを守り抜く覚悟はありますか？」

まっすぐに俺を見ながら問いかけてくるレイア。

その質問に答えようとした瞬間、周囲の仲間たちがワッと寄ってきた――！

『舐めるなよレイアとやらっ！　わたしたちは守られるのではなく、エレンと共に戦う身だッ！』

『ええっ、そこのワンコロと同意見よ！　逆に私たちがエレンのことを守ってやるんだから〜っ！』

『ゴブブゥッ！　いざとなったらエレンのアニキを連れて逃げるから大丈夫ゴブゥー！』

頼もしいことを言ってくれるシルやサラに、頼もしくないけど嬉しいことを言ってくれるゴブリンのゴブゾー。

他の魔物たちも彼らの言葉に頷いてくれる。

そんな素敵すぎる仲間たちに、レイアは「あらあらぁ」と母親のような笑みを浮かべる。

「本当に愛されていますねぇエレン様は。

――では質問を変えましょうっ！　エレン様もシルさんもサラさんもゴブゾーさんもみなさんもっ、最後まで『みんな』で戦う覚悟はありますかー！？」

『「当たり前だーーーーッ！」』

レイアの言葉に、俺たちはみんなで元気に答えるのだった――！

幕間：ペインターの地にて

「なっ、銀狼を狩りに行ったケイズめが戻らないだと……？」

「ハッ！」

衛兵の報告を受け、初老の男『ポルン・ペインター』は目を見開いた。

彼こそはエレンの出身地であるペインター領の領主であり、シルバーウルフの討伐（とうばつ）依頼を出していた張本人である。

いい加減に邪魔な狼どもを排除して森の恵みを手に入れようとしていたところだ。

そこに領内最強の魔術師・ケイズが名乗りを上げ、これでようやく森が手に入るだろうと思っていたところで――、

「まっ、まっ、待ちなさい！　ケイズといえば国内でも屈指の実力者だぞ!?　あれで品性と善性と人間性と知性がもう少しあれば、宮廷魔術師にだって取り立てられただろう人材だ！　それが、帰ってこない……？」

「ハッ！　ケイズ殿だけでなく、彼が率いていたテイマーギルドの者たちも誰一人として戻っておりません！　すでに彼らが出立してから丸一日……これは最悪の可能性もあるかと……」

「っ――馬鹿な！」

最悪の可能性とは、すなわち全滅のことだ。

そんな馬鹿なことがあっていいわけがないとポルンは机をガンッと叩いた。

「くそっ……はっきり言って私はあの男が嫌いだ。たまたま強力な魔術師として生まれたというだけでデカい顔をしおって。

だがしかし、それでもこのペインター領にとっては貴重な人材であることはたしかだ。だというのに……っ」

苦虫を噛み潰したように呻くポルン。

領内最大戦力の損失は非常に痛い。強力な魔術師を常駐させているというだけで、領内で悪事を働こうとする者らへの抑止力となるのだから。

「はぁ……魔王との決戦後、伝説の勇者が開発した『呪縛の魔法紋』によって人類は魔物をラクに手懐けられるようになった。

だが逆に言えば、どんな悪人だろうが魔物という生物兵器どもを簡単に保有できるようになったということだ。そんなやつらがケイズの死を知って暴れ回ろうものなら……」

よくない未来を想像し、ポルンは胃のあたりがキリキリと痛み出すのを感じていた。

――彼が言ったような事情もあり、人類の文明は数百年前からほとんど停滞気味だった。

魔物たちを使った大規模な戦争が何度も巻き起こり、世が乱れるのに合わせて悪党たちも多く現れるようになったからだ。

まだ魔王を相手に人々が一致団結していた頃のほうが平和だったかもしれないというのは、なんとも皮肉な話である。

「……ともかく衛兵よ、ケイズが本当に死んだとはまだ限らん。すぐに探索部隊を組んで銀狼の森に向かわせなさい」

「なっ、それはかなり危険ではっ⁉　シルバーウルフどもにケイズ殿を打ち倒すほどの実力があるのなら、その者たちもやられてしまう可能性が……」

「フンッ、こんな時のための『黒髪の者』だろう？　やつらは困窮しているからな。協力金をエサにして街中からかき集め、いざという時の肉壁としなさい」

「ハ、ハッ！」

冷酷な判断を下すポルン。だが領主たる者時には非道になることも大切だと彼は自負していた。それに、所詮散るのは黒髪の者の命である。ケイズほど彼らを酷く思ってはいないポルンだが、それでもいざとなれば使い潰すことも辞さない程度の扱いであった。

「さて、これ以上トラブルがなければいいのだが……」

そう呟きながら、ポルンが執務室の椅子に深く座り込んだ――その瞬間、

「し、失礼しますッ！　領主殿に緊急報告がッ！」

「むっ⁉」

突如として、別の衛兵が部屋に飛び込んできたのである。

一体今度はなんなんだと顔をしかめるポルン。そんな彼に、衛兵は震えながら言い放つ。

「ぎ、銀狼の森を囲うように、突如として超大量の瘴気が発生！　一切の侵入が不可能になりまし

たぁーーーーッ！」

「はぁああああああーーーーーーーーっ!?」

意味のわからない報告に、領主ポルンは絶叫する――！

瘴気というのは人間の魂を汚して死に至らしめる魔の毒霧（どくぎり）だ。どうしてそんなものが銀狼の森から放たれたというのか？

「う、嘘だろう……！　瘴気など、世界でも噴出している地域はせいぜい八か所ほどとされているというのに……それがなぜ我が領内に……!?」

冷や汗をかきながらポルンは意識を朦朧（もうろう）とさせていく。

――これではケイズの探索を行えないどころか、領地を訪れる観光客も激減し、外貨もほとんど得られなくなってしまうだろう。さらには街の付近で瘴気などが発生すれば、民心も間違いなく荒れるはずだ。

最強魔術師の失踪に、領内の貧困化（ひんこんか）に人心の乱れ。

そんなものが重なれば、治安などあっという間に悪化してしまうに決まっている。

「ど、どうしてこんなことになってしまったのだぁ～……!?」

胃をズキズキと痛めながら、領主ポルンは悲鳴じみた声を上げるのだった……！

7：これからのことと、一休み！

「――うわぁ、これはすごいなぁ……」

城のバルコニーに出た俺は、銀狼の森が瘴気で覆われていく様を見ながらそう呟いた。

濛々(もうもう)と立ち込める紫の霧が、壁のように四方を包み込みこんでいく。

「ふふっ、すごいでしょう『魔城グラズヘイム』は？　数百年前の大戦時代は、この防衛機能によってほとんどの敵を阻んじゃったんですから！」

むふぅーっと自慢げに胸を張る幽霊メイドのレイア。

この城を造ったのは魔王のはずなんだが、まぁいいか。

「たしかにこれなら領主たちも早々手を出しては来ないだろうな。……だが、テイマーギルドの魔物たちはどうだと思う？」

「えっ……あっ……！」

俺の言葉にレイアはハッと表情を変えた。

そう、瘴気が毒性を発揮するのはあくまで人間相手だけだ。『呪縛の魔法紋』によってテイムされた哀れな魔物たちには効かないはずだ。

その問題点に気付かされ、レイアは悔しげに肩を震わせる。

「あぁ、そうでしたね……。数百年前とは違い、魔物たちは人の手に落ちてるんでした……」

「そうだ。俺と違って他の人間は魔物から情報を聞き出すことはできないが、魔物と視界を共有できる魔術師がいるというからな。そうした者が派遣されたら、すぐに森の調査が行われるはずだ」

腕を組みながら領主ポルンの行動を予測する。

しばらくはショックで混乱するだろうが、正気に戻ったら即座にニダヴェリール王家に瘴気の発生を報告しに向かうだろう。

そして魔物との感覚共有が可能な魔術師が遣わされたら、前哨戦の始まりだ。

「どう見ても悪の魔城って感じだからなぁ、『魔城グラズヘイム』。敵に発見され次第、この城が瘴気の発生源なのだと断定されて攻撃が始まるはずだ」

「あはは、ですよねぇー……。当時やさぐれていた魔王は、『世界が私を悪だと言うなら本当の悪になってやるッ！』っていうノリでこの城のデザインを決めましたからねぇ。こんなことならもう少し地味だったり、迷彩機能とか付けておけばよかったですねー……はぁ」

魔王のせいだというのに、なぜかレイアが肩を落とすのだった。

ま、それはともかく。

「これからのことについて考えよう。王都までは距離があるからな、領主ポルンが情報を伝えてから調査隊が送り込まれるまで半月はかかるだろう。

その間に俺たちは、城の転移機能【天翔陣】を使って仲間の数を増やしに向かおうと思う」

「なるほど、軍隊を用意するわけですね」

「そういうことだ。どのみち俺の目的は、魔物たちの迫害されない理想の国を作ることだからな」

森を追われそうになっていたシルバーウルフたちのように、各地には苦しんでいる魔物の群れが大勢いるはずだ。

そんな者たちを救い出し、仲間に加えていこうと思う。

「というわけで、問題はどこに向かうかだが……」

そうして俺が思案しようとした時だ。俺やレイアと共に外の様子を見ていたゴブゾーが、『ハイッ！』と元気に手を挙げた。

『エレンのアニキッ、今はとにかくたくさんの仲間が欲しいんだゴブね⁉　だったら、ゴブリンの里に向かうべきゴブッ！』

「ゴブリンの里だと？」

『そうっ！　ここよりはるか遠くの荒れた土地、スヴァルトヘイム大陸にあるっていう隠れ里ゴブ。そこにはたくさんのゴブリンたちが住んでいて、オイラの祖先も元をたどればそこの出身らしいゴブッ！』

なるほど……そりゃいいかもしれないな。

ゴブリンは最弱だが最多の魔物だ。それに人間に近い体形をしているだけあって、モノ作りも得意とされている。

いずれは森の一部を切り開いて村を作ろうと思っていたからな。仲間にするにはちょうどいい種族かもしれない。

「よしわかった、それじゃあスヴァルトヘイム大陸に行ってみよう。【天翔陣】で移動できる八か所の中に、そこも含まれていたはずだ」

『ゴブーッ！』

こうして俺たちの活動方針は決まった。

森を覆う瘴気が城への侵入を阻んでくれている間に、仲間を増やして敵を追い払う準備を整える。

その第一目標は、ゴブゾーの故郷であるゴブリンの里だ！

◆　◇　◆

さて、ゴブリンの里に行って仲間を増やすという目標を決めたわけだが、すぐさま出発するわけにはいかない。

何せ昨日ケイズと殺し合ったばかりだからな。俺はもちろん、疲労が溜まった仲間は多い。

というわけで『魔城グラズヘイム』を手に入れた日の夜、俺たちは城内にある大浴場（だいよくじょう）で汚れと疲れを落としていた。

「ふぅ～、気持ちいぃ……！」

肩までゆっくりお湯へと浸かり、身体を芯（しん）から温めていく。

リラックスしすぎて溶けてしまいそうだ。一緒に入っている魔物たちも同じらしく、気持ちよさそうに目を細めていた。

『はふぅ～……お湯に浸かるというのはこんなにイイものなのだな……！』

『そうねー……これなら一日に何回だって入りたいくらいだわ……』

気の抜けた表情で温まるシルとサラ。

魔物である彼女たちは、風呂に入ること自体が初めてだからな。気持ちよさもひとしおだろう。よかったよかった。

――と、風呂に満足している様子のシルサラコンビを優しく見ていると、なぜか彼女たちは揃って溜め息を吐いた。

そして俺から離れ、コソコソと内緒話(ないしょばなし)を始める。

『はぁ……なぁ見たかサラよ、エレンのあの優しそうな視線を。いやらしさなんて絶無だぞ？』

『ええ……逆に言えば、私たちのことをまったく性的な目で見ていないってことよね。レイアのアホがパンツを見せた時には、すごく慌ててたのに』

『うむー、わたしたちがもしもヒトの身体を持っていたら、誘惑(ゆうわく)しまくってやったのにな……！』

『そうね、乳とかに泡を塗りたくってあーしたりこうしたり……！』

何やら熱心に話し込む二人。よくわからないけど仲がよさそうで何よりだ。

あぁーでも、長湯(ながゆ)をしながらそんなに興奮して喋りまくると……！

『ふわっ……サ、サラよ、なぜか頭がボーッとして……！』『わ、私もなんだけど、あれ……なにこれぇ……？』

顔を真っ赤にしながら目を回す二人。って、やっぱりのぼせちまってる!?

『ブクブクブクブク……ッ！』

「うぉーーーーーー二人とも目を覚ませーっ!?」

沈んでる！　沈んでるからッ！

せっかく死闘を乗り越えたのに風呂場で仲間を亡くすとかシャレになんねーよっ！

俺は急いで彼女たちを担ぎ、風呂場から飛び出したのだった——！

8：ゴブリンの里へ！　～第一村人は黄金竜⁉～

「――よし、旅に出る準備はいいかー⁉」

『おーっ！』

色々と大変な思いをした次の日。

城の一室に敷かれた陣の上に、俺はシルバーウルフのシルやサラマンダーのサラ、そして幽霊メイドのレイアに加え、ゴブリンのゴブゾーを始めとした二〇体ほどのゴブリン軍団と共に集まっていた。

『うぅ……昨日はすまなかったな、エレンよ……』『私も迷惑かけちゃったわね……』

「いいさいいさ、二人が無事で何よりだ」

恥ずかしそうに謝るシルサラコンビの頭を撫でる。

まぁたしかに大変だったが、初めてのお風呂だっただし仕方ない。むしろそれだけ楽しんでくれたってことだろう。

「さて、ひとまず連れていくのはこれだけだ。悪いなみんな、おみやげとか持ってくるからさ」

『そんなのいいから無事に帰ってきてね～～っ！』

俺が謝ると、スライムのラミィが触手を伸ばして手を振ってくれた。

――最初はみんな『私たちも連れてって！』ってせがんでいたなぁ。

ラミィを始めとしたテイマーギルドで共に過ごした仲間たちに、シルバーウルフの女の子たち。彼女たちも頼れる仲間なんだが、今回のところは城でお休みだ。

何せ前者の多くは俺を探すためにギルドを脱走する際に負傷し、後者の中にもケイズとの戦いで少々の火傷を負った者もいるからなぁ。

無事な者も多いが、そんな者たちにはこの城と負傷者の警護を任せた。

「この地の調査が始まるまで半月はかかるだろうってのは、あくまでも俺の予想だ。もしかしたらもっと早く調査隊が組まれて、城に攻め込んでくる可能性もある。そして転移機能【天翔陣】を起動できる者は『魔の紋章』を持つ俺だけな以上、この地から脱出することも難しい。

——だからラミィを始めとした戦える者たちは、いざという時のために怪我をした者たちのことを守ってくれ」

『任せてーっ！』

よし、いい返事だ。どうか俺たちが帰るまで無事でいてくれよな、みんな。

「ではエレン様、そろそろ向かいましょうか」

「ああ。……ていうかレイアって城から離れることができるんだな。『ゴースト』って魔物は、その場から離れられない者がほとんどって聞いたが」

「ふふ、わたくしは色々と特別ですから。ちょっと気合を込めれば、実体を持つこともできるんですよ？　たとえばこんなふうに……」

そう言ってレイアは俺の手を取ってきた。すると、体温はあまり感じないものの、たしかな女の子の柔らかな感触が――――！

『って何してんのよーっ⁉』

「ひゃっ⁉」

とそこで、サラがレイアのお尻に頭突きを食らわせて無理やり俺から引き離すのだった。

さらにシルが彼女に握られていた手をペロペロ舐め始める。

な、何をやってるんですかシル子さん……？

『除菌をしているのだっ！　レイアは悪霊だからな、もしかしたら呪い的なモノがちょっと手から出てるかもしれないだろう！』

「そ、そんなの出てませんよぉ～～⁉」

サラからのケツアタックとシルの発言を受け、幽霊メイドは涙目でへたり込むのだった。

……出発前からなんともグダグダな様相である。

こんなチームで大丈夫なんだろうか、ゴブリンの里の者たちに舐められないだろうかと思っていると、ゴブゾーが『ナイス選択ゴブ、アニキッ！』と親指を立ててきた。

『アニキにすっかり惚れてそうなレイアの姐さんに、特に嫉妬深そうな二人をチームに選ぶとは流石ゴブゴブねぇ！

ゴブリンにとって男の価値はどれだけ女にモテるかゴブッ！　自分を巡った女三人のギスギスなんて見せつけたら、きっとどんなゴブリンも〝アイツすげーぞッ！〟って評価してくれるゴブよっ！』

「ってどうなってんだよゴブリンの価値観……」

目の前で泥沼の戦いなんてされたらドン引きだろ……人間とは微妙に価値観がずれてやがる。

ああ、里のゴブリン連中とちゃんと仲良くなれるかなぁと、俺は出立直前に不安になるのだった。

◆　◇　◆

「――よし、着いたな。ここがスヴァルトヘイム大陸で合っているのか……？」

気が付くと俺たちは、小高い丘の上に立っていた。そこから周囲を見渡すと、木の一本もない土色の荒野が広がっていた。

「……にしても、空間転移っていうのは不思議な感じだったなぁ。『【天翔陣】、起動』って唱えた瞬間、全部の感覚があやふやになって、気付いたら別の場所に移動しててさぁ。みんな、酔ったりしてないか？」

『わたしは平気だぞ』『私もよ』『オイラたちも平気ゴブゥ～』

「うぅっ、わたくしはちょっとダメそうです……！」

「ってなんでレイアが一番ダメージ受けてんだよ……。魔王の側仕えだったんだから、【天翔陣】の使用経験あるんじゃないのか？」

そう言うと、「ありますけどぉ、昔から苦手なんですよコレェ……」と青白い顔で寄りかかってくるのだった。

っておーいレイアさん、またシルとサラが嫉妬の炎を燃やしてるぞ～？

「……とにかくみんな、さっそく『ゴブリンの里』を探すことにしよう。なぁゴブゾーたち、里の場所について何か心当たりはないか？」

『うぅ、ちょっと思い至らないゴブねぇ。オイラたち、里で生まれたわけじゃないゴブから……』

「あ〜そうだよなぁ……」

どのゴブリンもお手上げって感じだ。

まぁコイツらは人間の奴隷として繁殖（はんしょく）された身だからな。あくまでも祖先が里の出身者ってだけで、そりゃわからないか。

「となると、手探りであちこち探していくしかないか。よしみんな、気分を切り替えていこうっ！」

見知らぬ土地で不安はあるが、仲間もいるし大丈夫だろう。

そう自分に言い聞かせ、あたりを探索することにする。

「さぁ、どんなトラブルでもかかってこい！」

そう言って、スヴァルトヘイムの地を歩み出さんとした——その時、

『うぎゃぁあああああああああああ助けてくれだっぺゴブゥウウウウウウウウーーーーーーッ！』

「えっ？」

遠くのほうから、ゴブゾーたちとは違うゴブリンらしき声が聞こえてきた。

いきなりなんだと、声のしたほうを見ると……、

『ガァアアアアアアッ！　食い殺すぅウウウウーーーーーーーッ！』

……巨大な黄金のドラゴンが、ゴブリンの群れを追いかけていたのである――！

「って、いきなりどういう状況だよコレーッ!?」

初手で遭遇するにはあまりにもビッグすぎるトラブルに、俺は思わず叫んでしまう！

「はは……別の大陸にやってきてからの第一村人がアレかよ……」

ドタドタと逃げるゴブリンと、彼を追いかける巨大な黄金竜を見て苦笑する。

って、笑ってる場合じゃないよな。

「何がなんだかわからないが、あのゴブリンを助けるぞっ！」

『おうっ！』

俺の言葉に迷わず応える仲間たち。

シルバーウルフのシルが爪を尖らせ、サラマンダーのサラが口内に爆炎を溜めはじめ、幽霊メイドのレイアが周囲に妖気の光弾を生み出し始める。

さらにゴブゾーたちゴブリン部隊も石を手に取って投石準備を進める中、俺もまた『魔城グラズヘイム』より持ち出した秘剣の柄を握り締めた――！

「頼んだぞ、一級魔宝具『黒曜剣グラム』！」

そう言って俺が引き抜いたのは、漆黒の刃を持つ異様なる長剣だった。

これこそが、魔宝具と呼ばれる伝説の武具の一種である。

魔宝具にはそれぞれ特殊な能力が宿っているとされ、その戦略的有用性から三級・二級・一級・特級とランク付けされているのだ。

そして、一級に分類されるグラムの能力は単純明快。

「いくぞ、ドラゴンッ！」

宣戦布告と共に何メートルも跳び上がり、俺は硬い鱗に覆われたドラゴンの背に刃を無理やり突き立てた――！

『グガァアアアーーーーッ⁉　じゃ、弱小な人間ごときにっ、我が刺されただとッ⁉』

「悪いな。たしかに俺は弱っちいが、この剣を握ってる間は結構強いんだよ」

そう、『黒曜剣グラム』の固有能力は使用者の身体能力の強化である。

手足は剛腕かつ豪脚となり、皮膚は刃すら弾くようになる優れものだ。

剣術なんてろくに習ったことのない俺にとって、燃える魔剣とかよりもこっちのほうが性に合っている。

「さぁ、ドラゴンが怯んだぞみんなッ！　一気に畳みかけろォーッ！」

『ウォオオオオーーーーッ！』

かくして始まる仲間たちの猛攻撃。

鱗の張られていないドラゴンの首にシルが噛み付き、サラが火炎を吹いて手足の先を炙っていき、レイアが無数の光弾を放って黄金竜の全身を痛めつけていく。

ちなみにゴブリン軍団も石をポカポカ投げているのだが、こっちは硬い鱗のせいであまりダメージがない様子。まぁ、やらないよりはいいだろう。

ドラゴンはすさまじく強い生命力を持つというので、俺も容赦なく背中をザクザク刺していった。

『な、なんなのだ貴様たちはッ!?　貴様たちも、この黄金の鱗狙いで我を襲うのかーっ!?』

「そんなの知るか！　事情なんて全然知らんがゴブリンを襲ってたからとりあえずボコってるだけだッ！」

『えーーーっ!?　あ、ていうか言葉が通じたッ!?』

こうして数分後、『竜の誇りに懸けて雑魚どもに負けるわけにはーッ！』とか言ってたドラゴンだが、みんなで袋叩きにしまくったらついに涙目になって降参してくれたのだった。

◆　◇　◆

『――うぅぅぅうううッ！　仕方がなかったのだッ、腹が減っていたのだーっ！』

「あーよしよし……」

あたりも暗くなり始めた頃、サラに火を焚いてもらった俺たちは、焚き火を囲んでドラゴンの話を聞いていた。

曰く彼女（女の子らしい）の種族である『ゴルディアス・ドラゴン』は、その煌びやかな金の鱗からたくさんの人間たちに狙われ続け、色々と苦労をしてきたとか。

そしてコソコソと逃げ回る生活の中、腹が減った彼女はゴブリンを食べようとして襲い掛かり、その途中で俺たちに遭遇することになったってわけだ。

ちなみに俺たちが与えた傷はすでにほとんど治っている様子。やっぱすごいんだなぁドラゴンって。

『……それで、貴様はたしかエレンだったか。本当に我を捕獲する気などないのだな？』

「当たり前だ。逆に俺は、魔物たちが人間の奴隷になんてならない国を作るために活動してるんだからな。それよりもドラゴン、腹が減ってるって言ってたよな？　俺たちの食料を分けてやるよ」

『むっ、それはありがたい話だが……しかし貴様ら、荷物なんてろくに持っていないみたいじゃないか？　言っておくが我は大食いだ、握り飯程度じゃ満足せんぞ？』

「まぁ見てろって」

そう言って俺は、懐から小銭入れのような袋を取り出した。

そして、それを逆さにしてぶんぶん振ると、

「いよっと！」

――ゴトゴトゴトゴトォッ！

『ファーッ!?　し、新鮮な果実が何十個も出てきたッ!?』

驚きの声を上げるドラゴン。質量や物理法則なんて完全に無視した光景に、大きな口をあんぐりと開ける。

そう、俺が手にしている袋こそ、城から持ち出した二つ目の魔宝具『フィアナの魔法袋』だ。

等級は二級で戦闘には使えないが、その有用性は半端ない。

何せ総重量が三〇〇キロになるまでなら、袋になんでも詰め込めるんだからな。そして内部は真空に近い状態になっているため、食べ物なんかも長持ちするのだ。

「ほらドラゴン、銀狼の森で摘みまくってきた果実の山だ。まだまだいっぱいあるから、遠慮なく食べてくれ」

『ふぉおおおおっ！　うぐぅ……言っておくが人間よ、この程度のメシを提供したくらいで、我が貴様を信用すると思うなよッ！？』

「わかったわかった。あ、焼きリンゴってやつを作ってやろうか？　甘みがギュッと濃縮(のうしゅく)されて、すごく旨いんだよ」

『た、たべりゅーっ！』

なんだかんだ言いつつも、俺が出した食料をバクバクと食べていく黄金竜。

こうして俺たち一行は、ドラゴンとの予想外の出会いを果たすことになってしまったのだった。

・ちなみに魔法袋の中には生物も入れますが、中はほぼ真空なので非常に危ないです。
ゴブゾーがイタズラで入って死にかけました。

9：新たなる仲間！

朝日が大地を照らす中、俺たちは太陽よりも明るい黄金のドラゴンに呆（あき）れかえっていた。

「……ま、まさかコイツ、持ってきた食料の八割を平らげやがるとは……！」

『ぬふふふっ、我は満足ぞっ！』

――スヴァルトヘイム大陸にやってきてから一晩。

朝ごはんまでガッツリといただいていったドラゴンは、そう言って幸せそうに笑うのだった。

「……ま、いいけどな。転移機能【天翔陣】の使える場所は近いから、いざとなったら食料補充に戻ればいいし」

『おぉっ、つまり食べ放題ということか!?　我、感激ッ！』

「んなわけあるか、もう一回ボコるぞ」

『ひえっ!?』

……あまりにもアッパラパーな大食いドラゴンを前に、俺はついつい脅すようなことを言ってしまうのだった。

まぁそれはともかく、

「俺たちがこの大陸にやってきた理由は、『ゴブリンの里』ってところに向かうためなんだ。

俺たちは今戦力が欲しい。そのために、たくさんのゴブリンたちを仲間に引き入れようと思ってるんだ」

そう。それゆえにこの黄金竜が追いかけまわしていたゴブリンに里のことを聞いてみようと思ったのだが、コイツと戦っている間に消えちゃったんだよなぁ。

ま、あのゴブリンからすれば凶暴なドラゴンと大嫌いな人間がいきなりドンパチし始めたんだ。そりゃその場に残るわけないか。

「というわけで、里を探すのを手伝ってほしいんだが……」

『えぇ、ぶっちゃけめんどいんだが～……』

ドラゴンがそう渋った瞬間、シルバーウルフのシルとサラマンダーのサラが同時にドラゴンの眼球に頭突きをかます――！

『ってワギャァアアアアーーーッ!? め、目はやめろォ！ そこは鱗ないからッ！？』

『黙れ大飯食らいめっ！ 食うだけ食ってそれはないだろうが!?』『そうよッ！ 私の大好物のベリーを全部食べちゃってっ、このまま逃げるなんて許さないんだからねっ！』

『ひゃー!?』

……うぅむ、なんとも頼もしい限りだ。

魔物の中でも最強の種族とされるドラゴンに怯まないとは、ウチの女の子たちは流石だなぁ。

俺がそう感心していると、黄金竜は『わかったわかった！』と叫んだあと、どこか寂しげな表情を浮かべる。

『いやなぁ……我だってそこまで恩知らずではない。貴様たちにになら、鱗の数枚くらいはやってもいいと思っているくらいだ。だが、我と一緒に行動を共にするということはだな……』

――ドラゴンがそう呟いた刹那、突如として何本もの弓矢が降り注いできた！

俺は咄嗟に剣を抜き、迫るそれらを打ち払う――！

「っ、なんなんだ一体!?」

突然の事態に困惑しながら、俺たちが矢の飛んできたほうを睨むと、

「――チッ！　黒髪の野郎が邪魔してんじゃねぇよッ！」

「オラッ、奴隷の魔物たち連れてどっか行けや！」

「そのドラゴンはオレたちの獲物なんだからなぁッ！」

……そこには、何十人もの荒くれ者たちが『呪縛の魔法紋』の刻まれた魔物たちと共に立っていたのだった。

ああ、なるほどな……黄金竜が俺たちとの同行を拒んだのはこういうことか。

『ふはは、言っただろうエレンよ……我はこの鱗のせいで狙われている身なのだと』

「ドラゴン……」

『我と行動を共にすれば、常に襲撃に怯えることになる。目的を果たす前に他国の者といらんトラブルを起こすこともあるまい』

……さぁ行け、奴らの狙いはあくまでも我だ。

そう言って黄金竜は、まるで俺たちを庇うようにして自ら襲撃者たちのほうに向かっていくのだった。

「……って、何言ってんだよこの馬鹿ドラゴンは」

敵と睨み合うドラゴンをさらに庇うように、俺は彼女の前へと立った

さらにレイアを始めとした仲間たちまでもが、俺に続いてドラゴンを守る――――！

『なっ、貴様たち何をやっているのだ!?』

「うふふっ、シルさんやサラさんが言っていたでしょう？　『食い逃げは許さない』って。食べた分だけ働いてもらうまで、わたくしたちについてきてもらいますよっ！」

『え?!?』

幽霊メイドの一方的な通告に戸惑うドラゴン。

なんやかんやでウチの女子たちは全員気が強いようだ。

頼もしい限りだよ、本当に。

「……なぁドラゴン。おまえの言うとおり、目的を果たす前にトラブルを起こすようなやつは馬鹿野郎だ。だが、『仲間』を守るために無茶をする馬鹿は嫌いか？」

『っ、貴様……！』

俺の言葉に彼女は大きく目を見開く。

……そして、

『――いいやっ、大好きに決まっているだろうが！　いいだろうっ、そこまで言うなら貴様たちの仲間になってやろうではないかーっ！』

咆哮と共に、ドラゴンは高らかに翼（つばさ）を広げる！

その瞬間、彼女の腹部が赤く輝き、『眷属化の紋章』が現れた――！

『ってふぉあっ!? な、なんだこれは!? 奴隷化の刻印……とは違うな。なんだかチカラが湧いてくるぞっ！』

「そりゃよかった。簡単に言うとソレは、俺に心を許してくれた絆の証だよ」

『んなっ!? こ、心なんて許してないわーっ！ 共闘してやるのはしょーがなくだ！』

「はいはい」

満更でもなさそうなドラゴンの巨体を撫でながら、漆黒の剣を握り締める。

さぁ、行こうぜ新入り。俺たちとおまえとの結束の力を、襲撃者どもに見せてやろうッ！

◆ ◇ ◆

「――ちっ、チクショウめぇッ！ 覚えてやがれぇえええええええーーーーっ！」

捨て台詞を吐きながらドタドタと駆けていく襲撃者たち。

戦闘開始から数分後、新たにドラゴンを仲間に加えた俺たちが負けるわけもなく、敵を追っ払うことに成功するのだった。

ちなみに奴らの奴隷にされていた魔物たちも解放してやったのだが、『呪縛の魔法紋』を傷つけて解いた瞬間、『もう人間に捕まるのは嫌だーっ！』と逃げていってしまった。

ま、一応は人間である俺をいきなり信用しろってのも無理だからな。あいつらには自然の中でひっそりと生きていってほしい。

「さぁてドラゴン、初仕事ご苦労様だったな」

『フハハッ、思いっきり暴れまわったおかげで腹が減ったぞエレンよ！』

「ってまだ食うつもりかおまえは⁉」

えぇ……少し前に大量の朝飯を食わせてやったばかりなんだが……。

「どういう消化力してんだよおまえは……」

『ヌハハッ、照れるぞ！』

「ほめてねーよ」

……これからも彼女を食わせていけるだろうかと、俺は少し心配になってくるのだった。

と、そんな時だ。突如として荒れた地面がゴバッと爆ぜ、スコップを持ったゴブリンが現れたのである……！

「って、なんだなんだぁ⁉」

『わははっ、驚かせて悪いゴブねぇッ！　ちなみにオラの言葉、ちゃんとわかるゴブッペか？　お兄さんの好きな食べ物は⁉』

「……カレーだが」

『ふぉっ⁉　じゃあ好みのタイプは⁉』

なっ、好みのタイプーっ⁉

『好みのタイプですって……⁉』

『好みのタイプだと……ッ！』

「好みのタイプですかぁ……」

ってこらこら、サラにシルにレイア、なんで寄ってくるんだよ!?

「ま、まぁアレかな……とりあえず優しければいいかもかな……」

『ゴブゴブ～!?　おぉ、本当に言葉が通じる人間がいるゴブねぇッ！　長老の言った通りゴブッぺー！』

こりゃたまげたと大笑いする謎のゴブリン。

……ってコイツ、もしかして昨日ドラゴンから助けたゴブリンか!?

『いやぁ～昨日はお礼も言えずに消えちまって悪かったゴブッぺねぇ。実はあのあと、里のみんなに知らせるためにアンタらの戦う様子を覗き見てたゴブ。

そしたらお兄さん、人間のくせに魔物たちとコミュニケーションを取りながら連携してたから驚いたゴブッ！　それを里の長老に話したら、すぐ連れてこいって言われたゴブよー』

「里だと？　それってまさか、ゴブリンの里のことか……!?」

『その通りゴブッぺ～！』

俺の言葉に頷くゴブリン。

……これは思ってもみなかったなぁ。

元々この地にはゴブリンの里を探しに来たんだが、まさか向こうから使者を遣わしてくれるとは。

『で、どうゴブッぺか？　……やっぱり野生の魔物の巣に行くのは、抵抗があるゴブッぺ？』

「いやいや、そんなことはないさ」

答えはもちろんイエスだ。その誘い、ぜひとも受けさせてもらおう。

そうして俺が返事をしようとした時だ。

新たに仲間になったドラゴンのお腹(なか)から、グゥ～～～～ッという特大の音が鳴って……！

『あぁ、もう腹が減って死にそうだッ！　おいゴブリンよ、殺しはせんからちょっと味見させろッ！』

『ゴブゥウウウーーーッ!?』

ってせっかくの使者を脅すんじゃねえよポンコツドラゴンがーーーッ！

10：蠢く紫電

――幻の土地、ゴブリンの里。

草木がほとんど生えてない大地のどこにあるのかと思ったら、なんとそれは地下にあった。

スヴァルトヘイム大陸の各所には地の底に続く小穴がいくつもあり、そこから出入りしているのだそうだ。

なるほど、賢い選択だなぁと思う。子供くらいの大きさしかないゴブリンのサイズに合わせた穴なら、危険な猛獣が入ってくることもないだろうしな。

……しかし一つだけ、里の長老とやらの命令で、深い谷底にドラゴンでもギリギリ入れるような隠し通路が設けられていた。

俺たち一行はそこを使わせてもらい、ゴブリンたちの楽園へと向かったのだった。

『さぁ着いたゴブッ、ここがゴブリンの里ゴブッぺよー！』

「おぉ……っ！」

目の前に広がった光景に、俺は思わず感嘆の息を漏らしてしまう。

暗い横穴を抜けた先にはドーム状の大空間が広がっており、そこでは多くのゴブリンたちが店などを設けて生活していたのだ。

ゴブゴブゥーという元気な声があちらこちらから伝わってくる。

「すごいなぁこれは、人間の街にも負けないくらいの活気だ……！　それに、地の底なのにすごく明るいし」

『フッフッフ、ヒカリゴケっていうほのかに発光する苔（こけ）をあちこちに張り付けているゴブッぺからねぇ～。

　ささっ、エレンのお兄さんがたはどうぞ長老の小屋まで！　そこの金ぴかドラゴン様は、悪いけど長老には会わせられないゴブゥ……』

『ってなんでだ貴様ッ⁉　ドラゴン差別か！』

『オメェ、オラのこと食おうとしといてよく言えたゴブねぇ⁉』

　ギャーギャーと騒ぎあうドラゴンとゴブリンの姿に思わず苦笑してしまう。

　まぁ接触禁止も仕方ない。二度も食おうとしてきたヤツを重要人物の前には連れていけないわな。

「ごめんなドラゴン、食べ物をいくらか置いていくからおまえは通路のあたりで待っててくれ。あとシルとサラは、そいつのことを見てやっててくれ」

『了解だ』『妥当（だとう）な判断ねー』

『ってお目付け役まで置いていかれた⁉　もしかして我、問題児扱いされてるッ⁉』

　アホドラゴンのその発言に、使者のゴブリンも含めて全員で『当たり前だろうがッ！』とツッコむのだった。

　ある意味コイツのおかげで、みんなの心が一つになった瞬間である。

◆　◇　◆

「――くそっ、あの黒髪の野郎ふざけんなよッ！」

「アイツのせいで奴隷にした魔物も逃げるし滅茶苦茶だぁ！」

酒場にて、襲撃者たちは愚痴をこぼしながら飲んだくれていた。

もっぱら彼らが口にするのは、つい先ほど黄金竜を捕まえようとしていた自分たちをボッコボコにしてくれた黒髪の青年・エレンのことである。

ふざけんなチクショウッと何度も呻きながら酒を呷る。

「にしてもあの野郎、シルバーウルフにサラマンダーだったか？　ずいぶんといい魔物を連れてやがったな」

「ああ。シルバーウルフはニダヴェリール大陸の魔物で、サラマンダーはムスプルヘイム大陸でしか捕れない魔物だったかねぇ。狼のほうは素早いしトカゲのほうは魔術師みたいに火ぃ出すし、おかげでボコボコだよ……！」

「臆病でいちいち脅さないと言うこと聞かねぇゴブリン連中も、率先して戦ってたしな。……それに何より、あいつ『ゴースト』を連れてたよなぁ？　理性の沸いちまった悪霊なんざ、そんなんどうやって奴隷にしたんだよ……」

エレンのことを気持ちわりぃ黒髪と罵る彼らだが、調教師としての観点で言えば大人物と言わざるを得ない。

魔物を捕獲するには『呪縛の魔法紋』を刻み込む必要があるのだが、当然ながらこの作業はなかなかに大変である。

何せ魔物も必死なのだ。戦闘中に刻むことはまず不可能なうえ、完全に意識を落とそうとダメージを与えすぎたら死んでしまう。

しかし相手に気を遣いすぎれば逆に殺されてしまう可能性もあるし、たとえ殺さなくても、手足や内臓を一つでも駄目にしてしまったら奴隷として使えなくなる。

魔物の捕獲とは、簡単にできることではないのだ。

「チッ、どうせ金で買ったに決まってるよ。ゴブリンどもみてえに店売りの魔物もいるからな」

「そりゃそうだが、シルバーウルフやサラマンダーなんて早々買えるようなモンじゃねぇだろ？　それにゴルディアス・ドラゴンを使役(しえき)してやがったし、戦って奴隷にしたってことじゃねぇの？」

「うげっ、まぁ冷静に考えたらそうなるよなぁ……。相手はクソつえぇ竜種だってのに、どうなってんだよアイツ……」

〝それに物理攻撃の効かねぇ悪霊(ゴースト)もいるとかどんなパーティだよ〟と荒くれ者たちはげんなりとするのだった。

最初は復讐する気まんまんだったが、いざ冷静にエレンを分析してみたらこの通りだ。奴隷の魔物を失った彼らに勝てる要素など一つもない。

なお実際はエレンは魔物を奴隷にしたわけではなく、彼女たちから信頼されて（より正確に言うなら惚れられて）仲間にしているのだが、ともかく保有戦力がえげつないことには変わりない。

さらに超希少かつ不思議な能力を持った武具『魔宝具』を複数所持し、本拠地にはあと数十体ほどのシルバーウルフと十体ほどの雑多な魔物たちがいると知ったら、彼らは次にエレンと会ったら速攻で土下座して逃走するだろう。

「くそぉ、復讐計画はやめだチクショウッ！　せっかく黄金竜を捕まえて黄金の鱗製造マシンにして荒稼ぎしようと思ったのによぉー！」

「はぁ、これからどうすんだよオレたち。奴隷の魔物もいなくなっちまったし……」

「真面目に働くしかねーだろ。とりあえずここの酒場でウェイターでもしてみるかぁ？」

かくして完全にやる気の失せた彼らは、エレンに対する復讐などより自分たちの明日を考え始めるのだった。

だがその時、

「――なんだよオメェらッ、逃げちまうのかぁ!?　それでもタマぁついてんのかーッ!?」

「「「あぁッ!?」」」

突如として後ろからかけられた罵声（ばせい）に、荒くれ者たちは怒りを露（あら）わに振り返る。

しかし次の瞬間、罵声を放った男が誰だったかを知るや、一瞬にして身を縮こませてしまう。

「ひぃっ、アンタは……いや、アナタ様は……ッ!?」

「ってオイオイ、玉無し呼ばわりされたってのに殴りかかってこねぇのかよ。――このサングリース様は、いつだって相手になってやんぜぇ!?」

そう言って紫色の瞳をぎらつかせる男に、荒くれ者たちは「滅相もないッ！」と慌てるのだった。

――ああ、喧嘩なんて売れるわけがない。

なぜなら今目の前に立っているこの男こそ、スヴァルトヘイム連邦国が宮廷魔術師『紫電のサングリース』と呼ばれる人物だからだ。

「なぁ、やろうぜ!? 最近はオレ様を熱くしてくれるヤツがいなくてよぉ～！」

「（って誰がオメーみたいなヤツとやるかよッ！）」

宮廷魔術師とはすなわち、国中から選りすぐられた最強クラスの魔術師のことである。

そもそも炎や風を自在に放てる魔術師である時点で人間離れしているのだ。その中でもさらに優秀な者となれば、並のチンピラなど瞬殺だ。

しかも宮廷魔術師に選ばれた者には、王から直々に強力な『魔宝具』を与えられるという話もあり……、

「ハァ～、そんなにやりたくねぇのなら仕方ねえ。じゃ、オメェらが話してた『やべー黒髪の野郎』について詳しく教えろや」

「えっ!?」

「え、じゃねーよ。ほら、もっと喜べや……そいつをボコりに行ってやるっつってんだからよぉ……ッ！」

獰猛に笑うサングリースに、荒くれ者たちは息を呑む。かくしてエレンたちがゴブリンの里に向かう中、凶悪な男が動き出そうとしているのだった――！

11：魔人との邂逅(かいこう)

『――さぁエレンの旦那、ここが長の住んでる小屋ゴブッペ』

「へぇ……ずいぶん質素(しっそ)なんだな……」

トップの住居としてはあまりにも簡素なログハウスを見て、思わずそう呟いてしまう。

ゴブリンの里に到着した俺は、通路に問題児とお目付け役のシル&サラを置いてきたあと、長の元へと案内された。

なお案内役のゴブリン曰く、長に会うことができる者は極めて限られており、また長の外見的情報は広めてほしくないそうだ。

どうしてなのかは知らないが、ともかく広めてほしくないという情報をペラペラと言いふらすつもりはない。

付き添いである幽霊メイドのレイアやゴブゾーなどのゴブリン軍団と共にしっかりと頷いた。

『あ、ちなみに長はものすごく高齢でベットから出ることができないゴブッペ。たぶん寝たまま話すことになるけど、そのへんご理解してくれゴブ～』

「あぁ大丈夫だ、礼儀(れいぎ)なんて気にしないから。俺たちも高齢の身体に障(さわ)らないよう大声は控えるよ」

『優しいゴブねぇエレンの旦那は！　じゃ、開けるゴブッペよー。長ぁ、例の客人を連れてきたゴブ～！』

案内役のゴブリンに続いて小屋へと入る。

内部も極めて簡素なもので、飾りといえば机の上に小さな花瓶が置かれている程度だった。

そして、そんな部屋の隅に置かれたベットの上には――、

「ああ……これはこれは。『魔王』様のお力を受け継ぎし者よ、ようこそおいでくださりました……！」

「なっ……!?」

一言で言おう。そこに寝ていたのは、絶世の美男子だった。

これは一体どういうことだ？　ゴブリンの里の長というからには、しわくちゃのゴブリンだと思っていたのに。

しかし彼はしわくちゃどころかゴブリンでさえない。

せいぜい髪がゴブリンの体色と同じ緑色だったり、ゴブリンと同じく耳が尖っている程度で、あとはほとんど人間だ。

思わず困惑する俺に、ゴブリンのゴブゾーが『アニキッ、こいつおかしいゴブッ！』と唸る。

『こ、こいつ、見た目はニンゲンのくせに同族の気配がするゴブッ！』

「えっ、なんだそりゃ!?　つまりこの人は、こんな見た目でゴブリンだっていうのか……!?」

どっからどう見ても美肌のイケメンにしか見えないんだが……果たしてどういうことなのか。

さっきから困りっぱなしの俺に、長はホッホッホと笑いながら細い瞼をわずかに開く。

「驚くのも仕方ありますまい。ワシは先代魔王様のお力によって、『魔人』となっておりますからな」

「魔人、だと？」

ああ、たしか伝承で出てきた単語だ。

魔王の側近には、人間とよく似た姿の妙な魔物がいたという。

なんでも通常の魔物とは一線を画す戦闘力を持っていたそうで、その正体や誕生経緯ははっきりわかっていないとされているが……、

「今のワシはただのゴブリンではなく、『ゴブリン・エル・デルフ』という種族に進化しておりましてなぁ。まぁ大雑把なところのある魔王様は、縮めてエルフと呼んでおりましたが……」

「って、ちょっと待ってくれ長さん！　色々とツッコみたいところだらけなんだが、とりあえず長さんは一体何歳なんだ!?　魔王と付き合いがあるみたいだが、魔王が生きてたのって数百年前の話だろ!?」

「あぁ、それはエルフとしての異能【永遠の美】のおかげですな。寿命がものすごく伸びるうえ、全盛期から年を取らなくなる能力なのですよ。おかげでクソザコ種族の元ゴブリンでありながら、ここまで生きることができましたわ」

「す、スキルってなんだよ……？」

もうさっきからわからないことだらけだ。

思わず頭を抱えてしまう俺に、魔人の長は「やれやれ」と呟いた。

それは最初、理解力のない俺に対して向けられた言葉だと思ったのだが……、

「はぁまったく……困りますぞ、魔王様。彼に何も教えていないのですか？」

――そう言って長は咎めるような視線で、気まずそうな顔をするレイアを睨んだのだった。

って、えええええええええーーーーーーーッ!?

「レイアが、魔王だと……!?」

……たしかに思い返してみれば、レイアは妙に魔王のことを知りすぎていたり、魔王の失態を話す時に自分が恥ずかしげだったりと、おかしな点はいくつもあった。

だがそれでも彼女が魔王だなんて思わなかったのは、伝承において魔王は男とされていることと、彼女の髪が白だからだ。

魔王が黒髪だったからこそ同じ髪色の俺が迫害を受けているのだから、それについては間違いないはずだ。

「なぁレイア、どういうことなんだ？　よければ話してもらってもいいか……？」

そう問いかける俺に、幽霊メイドは「はい……」と小さく答えた。

「黙っていてごめんなさい。ゴブリンの里の長――わたくしの元側近であるゴブリーフの言う通りです。わたくしこそが、『黒髪の魔王レイア』。魔の存在を生み出し、強化し、進化させる力を持った、人類種の天敵ですよ」

「……マジでか」

彼女の告白に、思わず口をぽかんと開けてしまう。

伝承において、魔王は凶悪で粗暴で巨大で汚くて暴力的で、とにかく危険な大男とされていた。

それがこんな幼げな顔付きの女の子だなんて、誰が想像できるかよ。

唖然(あぜん)とする俺に、里の長ことゴブリーフが溜め息を吐く。

「魔王が醜悪な大男とされてきたのは、人間たちのくだらないプライドのせいですじゃ。たしかに当時のレイア様は、全身鎧を着ていたために性別はわかりづらかった。しかし細い腰付きや膨らんだ胸部を見れば、少女だと判別がついたはずなのですが……」

「……女の子に追い詰められていたことが、屈辱だったってか？」

「その通りですじゃ」

俺の言葉に苦笑しながら頷くゴブリーフ。「あまりにもくだらないでしょう？」と言う彼に、俺ははげんなりとしながら同意した。

「なんだそりゃ。歴史は勝者が作るものだっていうが、そんな捏造(ねつぞう)くだらなすぎるだろ。

——ま、そこらへんの事情はわかりたくないけどわかった。じゃあレイア、その髪色についてには？　というかそもそもなんで正体を隠してたんだ？」

別に隠すことでもないだろうに。

魔王といえばあらゆる魔物の母親みたいなものなんだ。最初から正体を明かしておけば、シルやサラたちから慕われただろうに。

そんなことを考える俺に、元魔王であるレイアは俯(うつむ)きながら答える。

「前置きとして、わたくしが死んでからの行動について話しましょうか。

——先ほど言った通り、わたくしは魔物を生み出す力を持っています。死に際にその力を使い、自らを『白髪のゴースト』に転生させました。

ゴーストの魔物は【呪怨】という人の魂に呪いをかける異能を持っていますからね。それを利用し、自らの力を『魔の紋章』という形に変えて、未来の誰かに引き継がせることにしたのです」

「ああ……そういえば紋章について聞いた時に言ってたな。精神性の近い人間に紋章が宿るよう、魔王は呪いを残していったって。

よく考えたら呪いってなんだよって思ったが、まさか文字通り悪霊になって呪いをかけたとは……」

この右手の紋章、呪いだったんだなぁ。

まぁ当時、シルバーウルフたちを守るために力が欲しかった俺からすればありがたい話なんだけどさ。

「ちなみに、わたくしの能力を一度に受け継ごうものなら魂が変化に耐え切れず死んでしまうでしょう。それゆえ、段階的に解放されていく仕掛けを作りました」

「なるほどな。……というかレイア、前置きを聞いてわからないことが増えたぞ？

別に魔王の力を他の人間に受け継がせることもないだろうが。せっかくゴーストになって成仏するのを回避したんだから、もう一回人類にリベンジマッチを仕掛ければよかったじゃないか」

髪色を変えたことといい、魔王であることを隠していたことといい、彼女の考えがわからない。

そんな俺の数々の疑問に——レイアは一筋の涙をこぼしながら、吐き出すように答えた。

「だってっ、だって怖かったんですよぉッ！　敗軍の長だと気付かれて、愛する魔物たちに嫌われるのが嫌だったんですよぉーッ！」

「っ……!?」

叫びながらしゃがみこんでしまうレイア。

彼女は子供のようにぐずりながら、言葉を続ける。

「リベンジマッチなんてできますか……っ！　一度ボコボコにやられたくせに、せっかく生き延びた魔物たちの前に顔を出して『もう一回やろうぜ！』なんて誘いをかけろと？　それで負けたらもっと悲惨じゃないですかッ！　わたくしはもう、みんなの期待を裏切りたくないッ！」

「それは……」

「それにエレン様、今の世界の状況がわかりますよね？　魔物たちは人間の奴隷として忌み嫌われながら働かされ、さらにエレン様のような黒髪の人間も苦しい思いをし続けている。

それらは全部、『黒髪の魔王』であるわたくしのせいですよッ！　馬鹿みたいに暴れた上に無様に負けたからこそ、魔物たちもエレン様もいらない責め苦を受けているんですよッ！　だからきっと、みんな魔王を……わたくしのことを恨んでいるに決まってますよっ……うわぁあん……ッ！」

……ぐずぐずと泣きじゃくってしまうレイアに、俺はただただ黙り込む。

あぁそうか……。だから彼女は正体を隠したのか。

黒髪を捨て、王から格下のメイドになり、そして自身の力すら放棄したのか。

事情は全部理解した。

その瞬間、俺の脳内に〝そんなことはない、みんなお前が大好きなはずだ〟だとか、〝なぁレイア、もう一回魔王として頑張ろう〟だとか、そんな励ましの言葉が浮かんでいく。

だが、俺は――、

「――そうだな。おまえのことを恨むやつらも、きっと大勢いるだろうな」

「っ⁉」

俺は甘い言葉など吐かず、事実を認めることを選んだ。

そんな俺に、レイアは泣きながらへにゃっと笑う。

「あ、あはは……ですよねぇ。わたくし、普通にやらかしちゃいましたよねぇ……」

「ああ、色々と励ます言葉を考えたがダメだった。普通に、おまえが、全部悪い。おまえが負けちゃいけない大決戦に負けたせいで、魔物も黒髪の俺もすげー人生しんどくなったんだが？」

「げふぅッ⁉　そ、そこまで言いますッ⁉」

俺の言葉に崩れ落ちるレイア。

ま、事実だからしょうがないだろ。謹んでダメージを受けやがれ。

――だがしかし、

「……でも、恨んでるヤツばっかじゃないだろ。そもそも魔物たちはおまえがいたおかげでこの世に生まれることができたんだ。彼らを生んだ選択だけは、決して間違いじゃないはずだ」

「っ、エレン様……」

俺の告げたたしかな『事実』に、魔王メイドは目を開く。

そう。たとえ結末がバッドエンドでも、レイアがいなければそもそも魔物たちの物語は始まらなかったのだ。

そして、数百年前の魔物たちが残した子孫は、今なお世界中で息づいている。死んでいった魔物の始祖たちだったら何も終わっちゃいないさ。子孫たちを幸せにしてやれば、あの世で笑ってくれるだろう。も少しはあの世で笑ってくれるだろう。

それに、

「レイア。おまえは心が折れながらも、力を捨てるのではなく『託す』という選択をした。あの世に逃げることだってできたのに、幽霊になってでも紋章の継承者を『導く』ことを選んだんだ。——偉いよ、おまえは」

そう言ってレイアの頭を撫でると、彼女の瞳が大きく揺れた。

そして唇を噛み締めながら、ひときわ激しく泣きじゃくる。

「うぅッ……偉くなんか、ないですよぉ……！　結局、黒髪の人間を……エレン様を不幸にしたことには、変わりないですし……っ」

「あぁ、魔物はともかくそっちはフォローのしようがないな。おかげで両親も焼き殺されたしいい迷惑だ。

……だけど、少なくとも今の俺は幸せだよ。『黒髪』だったおかげでテイマーギルドの雑用にされて、たくさんの仲間たちに出会うことができたんだからな」

もしも普通の髪色に生まれていたら、シルやサラたちと出会うことはなかっただろう。

他の人間たちと同じく歪（ゆが）んだ価値観に染め上げられ、魔物のことを毛嫌いしていたはずだ。

だが俺は、世界から迫害される身だったおかげで、同じく迫害されている魔物たちとわかり合うことができた。

失ったものはたくさんあるけど、それだけは変わらない事実だ。

「エレン様……」

「だからレイア、もう何も気にすんな。どうせお前がボッコボコに負けて色々と負債を残した事実は変わらないんだし、もう開き直っていけ」

「って、わたくしのことを慰めたいのか罵りたいのかどっちなんですかーッ!?」

びえーんッと泣きながら叫ぶレイア。もうこの際だから泣きまくっとけ。

俺は泣き虫な元魔王様を撫でながら、視線を合わせてはっきりと告げる。

「まぁ見てろよ、初代魔王。魔物を迫害する人間たちをブチのめし、ついでに黒髪の者を差別する人間もボコボコにすれば、お前の負債は全部チャラだ。

約束してやる……このエレン・アークスが、『二代目魔王』としてお前のバッドエンドを覆してやるってなぁッ！」

――そんな俺の宣誓に、レイアは涙を無理やり拭い、「はいッ、期待しています！」と笑顔で頷くのだった。

ゴブリーフ「(魔王様メスにされとるやん……)」

12：異能と進化

「ホッホッホ……！　どうやら二代目魔王様は、初代殿より王の器がありそうですなぁ」

そう言って、ゴブリンの里の長ことゴブリーフは愉快げに笑うのだった。

そんな彼に、元魔王のレイアは「むーっ！」と子供のように頬を膨らませる。

「本当に慇懃無礼ですねぇアナタは！　そういうところ、昔と何も変わっていないっ！」

「何を言いますか初代魔王殿。主の欠点を指摘できる従者がどれだけ貴重なものか、わかっていないのですか？」

「うっ、それは……!?」

あっさりと言いくるめられてしまうレイア。

そんな彼女を見てゴブリーフは「あぁ、アナタこそ変わっていませんなぁ」と穏やかな声色で呟くのだった。

……なんというかこの二人、魔王とその従者っていうよりちょっとアホっぽい妹とイジワルなお兄さんって感じだな。

仲が悪いように見えて、しかし決して険悪な空気にはなりきれない、たしかな情というものを感じる。

「さてエレン殿。二代目魔王を名乗ったからには、どうかゴーストの魔物となった初代殿のこともよろしくお願いしますぞ？」

「当たり前だ。魔王の名に懸けて、全部の魔物の面倒は俺が見てやる」

「ホホホッ、本当に頼もしい限りだっ！　ではエレン殿。そこのいまいち頼りない元魔王様に代わり、『異能(スキル)』と『進化』について教えておきましょうか」

呼吸するようにレイアをいじりつつ、ゴブリーフは教師のようにピンと指を立てる。

「よろしいですかな？　そもそも魔物という存在は、動物たちと違って自然発生したものではありません。魔王レイア殿の能力によって生み出された、いわば道具のようなものです」

「ど、道具って……」

彼の言葉に思わず眉根(まゆね)をひそめてしまうが、ゴブリーフは気にせず言葉を続ける。

「たとえば人間がスコップを作る際には、『穴を掘る』という用途を意識しながら作成するでしょう？

それと同じですよ。魔王殿は我々を生み出す際に、〝この魔物はコレが得意なのだ〟と一つの『才能』を意識しながら作成なさる。

それこそが、異能(スキル)。それぞれの種族が生まれながらに決められた、たった一つの誰にも負けない能力なのです」

ゴブリーフは語る。

たとえば狼系の魔物は『走るのが速い』と定義されたがゆえに、全ての者が【疾駆(しっく)】という異能(スキル)を持って生まれるのだと。

他にもサラマンダーは『火を出せる』と定義されたがゆえに【火炎】という異能を持って生まれ、ゴブリンは『子沢山』という変な定義をされたがゆえに【精力旺盛】という異能を持って生まれるそうだ。

「なるほどな……。しかしゴブリーフ、それはわざわざ異能なんて名前を付けるほどのものなのか？　たとえば鳥だって、二つの翼と飛ぶ才能を持ちながら生まれてくるだろう？　足の速い動物は山ほどいるし、火ではないけど電気を出せるナマズもいれば、子沢山な生き物もわんさかいるだろ」

「おぉ、いい指摘をなさいますなぁエレン殿っ！

——まぁ、端的に言えば次元というものが違うのですよ。たとえばワシは数百年も若い身体で生きておりますが、そんな生物は他にいますかな？」

「っ、それは……」

ああ、たしか【永遠の美】とかいう異能を持っていると言ってたな。

少なくとも俺の知識には、何百年も生きれる生物すら思い浮かばなかった。

「ワシのように進化した魔物ともなれば、その異能もより強大なモノとなる。常識や物理法則を超越する『異質な能力』……そんなものはもはや、特別な名称を使って呼ぶしかないでしょう？」

「……たしかにな、納得したよ」

そういえば伝承なんかには、巨大な嵐を起こせるような魔物もいるとされてるしな。

それこそが、異能。ちょっと飛んだり跳ねたりできる動物の『特技』とは一線を画す、魔物たちの持つ超能力ってわけか。

「じゃあさ、たとえばシルバーウルフのシルなんかも、その進化ってやつができたらもっと異能(スキル)が強化されるのか？」

「えぇもちろん。【疾駆】の異能(スキル)はさらなる次元に到達し、音すらも置き去りにするような速さで駆けることができるようになるでしょう。あるいはワシのように、他の異能(スキル)に目覚めることもあるかもしれませんな。

ま、見た目がどうなるかは進化する魔物のイメージ次第ですが……」

「へぇ、進化後の見た目って本人のイメージによって決まるのか。じゃあなんでゴブリーフは人間みたいな若いイケメンになったんだよ？」

「えッ、それは……!?」

なんとなく聞いただけなのだが、なぜかゴブリーフはギョッとした表情で固まってしまった。

――そして、自身の主君にして年若い少女であるレイアのほうをチラリと見て、すぐさま目をそらし……あっ。

「……なるほどなぁ。応援してるぞ、ゴブリーフ」

「おっ、お待ちなされエレン殿ッ！　勝手な想像をしないでくだされっ!?」

わたわたと慌てる彼の姿に、俺は思わず笑ってしまう。

「ゴッ、ゴホンッ！　まぁイメージによって姿が変わると言いましても、変化には限界があるでしょう！

脳内に焼き付いた『自分の姿』を完全に捨てきれる者などいませぬ。元ゴブリンであるワシも耳のとんがりはそのままですしなぁ」

話をそらすように説明を続けるゴブリーフ。

まぁ機嫌を損ねられたら嫌だし、彼がレイアのことをどう思っているのかはひとまず置いておこう。

「なるほど。ゴブリンの体色と同じく、ゴブリーフの髪は緑色だしな。それで、その進化ってやつはどうしたら起こるんだ？」

「条件は三つありますな。まず、エレン殿が『魔の紋章』の力をもう少し引き出すことですじゃ。さすれば進化の権能が解放されましょう。

そして二つ目は、進化する魔物自身が肉体的にも精神的にもある程度成長していることです。幼子がいきなり上位の種族になったとて、異能(スキル)に振り回されるだけですからな」

「そりゃたしかにな。それで、三つめは？」

「ええ……最後はずばり、『渇望(かつぼう)』ですな。進化を望む魔物には、種族の枠を超越するほどの欲求が必要となる」

――渇望、か。

俺はゴブリーフの放ったその単語を心の中で復唱(ふくしょう)した。

「たとえばワシは、『永遠に美しい自分』を狂おしいほど求めた。

多産である代わりに短命で、醜いゴブリンの肉体などもういらない。華のような美貌(びぼう)を持ち、あるヒトの側に永遠に立ち続けたいと願った結果、『エルフ』という未知なる種族へと進化したのですじゃ……！」

自身の美貌にそっと手を当てるゴブリーフ。

その『あるヒト』というのが誰かはもはや自明の理だろう。彼の緑色の瞳の奥には、どこか狂気的な光が垣間見えた。

「永遠、か。つまりゴブリーフはこの先何千年も生き続けるってわけか？」

「ホッホッホ……たしかに、肉体的にはまだまだ元気いっぱいですじゃ。しかしですのぉ、心が……魂というものが、いよいよ限界を迎えてしまいましてなぁ……」

もはやほとんど動けんのですよと、若き老人は横になったまま苦笑するのだった。

……なるほどな、そりゃ不老不死なんて簡単にはたどり着けないか。

子供に比べて大人の人生体感速度は何倍にもなるという。様々な物事を経験して、精神が新鮮な刺激を受けづらくなったことで起きる現象だそうだ。

――すなわち、生きることに飽きてしまったと言い換えてもいい。

知的生命の精神は、何千年も生きれるようにデザインされてないということだ。

「ククッ……こんなワシに比べて、初代魔王殿はまだまだ元気いっぱいなご様子。元々の精神年齢がよほど低かったということですかな……？」

弱々しい声色で、されど必死に皮肉を紡ぐゴブリーフ。

そんな彼に、レイアは怒鳴らず涙を浮かべる。

「うぅ……無理に罵らなくてもいいんですよ馬鹿……！　せっかくまた、会うことができたのに……！」

「申し訳ありませんなぁ、魔王殿。再びアナタにお仕えしたい気持ちでいっぱいなのですが……あぁ、しかし。もうどうしようもなく疲れてしまいましてな……。

何百年もの時に飽いた魂が、求めるのですよ。『死』という味わったことのない未知を……！」

そう言ってゴブリーフは、震えながらレイアへと手を伸ばした。

「だが最後に、最期にアナタに会うことができて……っ！」

熱に浮かされた声色で、「魔王殿、レイア殿……！」と呟き続けるゴブリーフ。

彼はその指先で、レイアの唇に触れようとして――、

「……いや、これはやめておきましょうか」

しかし動きをぴたりと止めると、彼女の肩にそっと手を置くのだった。

「えっ、えと、ゴブリーフ、何を……？」

「あぁレイア殿、アナタは何も知らなくていいのです。アナタはどこか天然で、すっとぼけているところが魅力なのですからな」

「って、だから死に際まで煽らないでくださいよーッ!?」

プリプリと怒るレイアの姿に、ゴブリーフは穏やかな微笑みを浮かべる。

……俺は色々と気付いているが、横からとやかく言うつもりはないさ。

最期まで『従者』であることを選んだゴブリーフの選択を尊重し、黙って二人を見守った。

「さてエレン殿。重ねてお願い申し上げますが、レイア殿のことを頼みましたぞ？」

「わかっているさ。魔王として、男としてこの子のことを守っていくよ」

「ええ、男と男の約束ですな」

言葉と共に伸ばされたゴブリーフの拳に、俺もまた拳を伸ばしてコツンと当てる。

そうしてレイアが「えっ、えっ、皮肉屋（ひにくや）のゴブリーフがエレン様にだけすごいフレンドリー⁉

どゆこと⁉」とわけもわからず戸惑っている中、俺たちはニッと微笑み合うのだった。

「あぁ、本当に充実した人生だ。心が擦（す）り切れてしまう前に、『男友達』というやつが作れた」

「そう書いてライバルと読むんだろ？　なんなら、可愛いあの子を射止めるために、もう少し気合いで生きてみるか？」

「フハハッ、残念ながらワシは慎（つつし）み深い性格でしてな。あとのことは、若い者にお任せしますよ。

というわけでエレン殿、アナタの望みはずばり戦力の確保ですな？　このおいぼれは発言力だけはありますからなぁ、里のゴブリンたちでよければどうかアナタのお力に――」

かくして心を通わせたゴブリーフが、俺にありがたい申し出をしようとしてくれた……その時、

「へーッ、こんな場所があるんだなぁッ！　とりあえず、死ねやゴブリンどもォオオオオオオーーーーーーーーーッ！」

男の叫びと共に、雷鳴（らいめい）が平和な里へと響き渡った――ッ！

13：突然の襲撃

「一体何が起きたんだッ!?」

突然響いた雷鳴に、俺たちは長の小屋を飛び出した――！

すると、

『うッ、うわぁあああああぁぁあああああッ!?　オラたちの里がっ、滅茶苦茶になってるゴブっぺーーーーッ!?』

眼前に広がった光景に、案内役を務めてくれたゴブリンが絶叫した。

数分前まで平和で活気に溢れていたゴブリンの里が、今や地獄と化していたのだ。

「なんだこりゃ……酷すぎる……ッ！」

まるで落雷が起きたかのようにあちらこちらの地面が焼け、黒焦げとなったゴブリンの死体がいくつも転がっている。

そしてゴブリンたちが『助けてくれゴブゥーッ！』と叫ぶたびに、男の哄笑（こうしょう）と共に紫電の爆雷（ばくらい）が起こり続けていた。

自然現象などでは断じてない。ゴブリンの里は今、何者かによる襲撃を受けている。

「くそ、誰がこんなことを……！」

――と、その時だった。突如として脳内に〝エレンッ、聞こえるか!?〟とシルの声が響いた。

紋章の力の一つ、【意思の伝達】によるものだな。

〝どうしたシル、一体何が起きているんだ？〟

〝あぁ、里へと続く通路から紫髪の男が現れてな……。剣から雷を放ってきて、わたしもサラも、一撃でやられてしまったよ……〟

なっ、やられたって……!?

〝大丈夫なのかおまえたち!?〟

〝心配するな。あちこち黒焦げになってしまったが、紋章による【眷属強化】のおかげでどうにか生きてる。

それよりもエレン、早く里の中心部に向かってくれッ。例の男を止めるためにあのアホドラゴンが戦っている……！〟

その言葉を最後に、〝すまない……少し、休む〟と呟き、シルは応答を途絶えさせるのだった。

「っ……シル、サラ、あとで介抱しに行くから待っててくれよ」

本当ならすぐにでも二人の元に駆けていきたいが、それよりもドラゴンに加勢するほうが先だ。

そして雷使いだという襲撃者に、平和な里を滅茶苦茶にした報いを受けさせてやる――ッ！

◆　◇　◆

「ギャハハハハハッ！　オォラッ、追ってきやがれドラゴンちゃんよぉーッ！　早くオレ様を倒さねぇと、ゴブリンどもが絶滅しちまうぜぇー!?」

『ガァアアアアアアーーーーーーッ！（待てぇ貴様ッ！）』

黄金竜から逃げ回りながら、宮廷魔術師『紫電のサングリース』は淫らな笑みを浮かべていた。

この男にとって、スリルこそが最高の快楽なのだ。黄金竜という最上級の魔物に追われながらゴブリンに雷撃を浴びせていく『ゲーム』に、彼は胸が躍っていた。

「いやぁ～灯台下暗しとはよく言ったもんだなぁ。クソつえーっていう黒髪の兄ちゃんを探しに来た結果、まさか谷底にこんな場所に続く道を見つけるなんてよぉ。コレ、ウチの王様に話したら小遣いもらえる大発見じゃね？　どう思うよドラゴンさんよ」

『グガァアアアッ！　グルルルルルッ！（知るかッ！　そんなことよりも暴れ回るのをやめろぉ！）』

怒りの咆哮を上げるドラゴン。

――彼女は極めて野性的な性質を持っている。魔物であるため一般的な動物よりは知性的だが、腹が減ったら容赦なくゴブリンを食らうような残忍性も秘めていた。

だがしかし、そんなドラゴンは今、ゴブリンたちを守るために奮闘していた。

『ガァアアアアーーッ！　グガッ、ガガァアアアッ！（黄金の鱗を狙われ、かつて人間に捕まった母様が言っていた。〃仲間の仲間はまた仲間なのだ〃と！　ならばこそ、我はこの里を守るために戦おうッ！　我を仲間としてくれたエレンには、ゴブリンの仲間もいるのだからな。仲間の故郷を滅ぼさせはしない！）』

「ハッ、ガーガーうるせぇよバァカッ！　何言ってんのかわかんねぇよぉーーッ！」

叫ぶドラゴンを罵りながら、サングリースは剣から無数の雷撃を放った。

それによって逃げ惑うゴブリンたちが焼き払われていき、さらに後を追うドラゴンにも直撃する――！

『グゥウウウウーーーーッ!?』

痺れによって動けなくなり、黄金竜は地面を転がってしまう。

強い生命力を持つドラゴンだが、当然それには限度がある。彼女はすでにサングリースからの不意打ちを受け、身体のあちこちに大火傷を負っている身だった。

「ハハッ、無駄に耐久力あっから苦しむんだよ。道でたむろってたオオカミやサラマンダーと一緒に、黒焦げになって死んでりゃよかったのによぉ」

ニタニタと笑うサングリース。「あーあ、せっかくの鬼役を焼いちまった」と呟きながら、ドラゴンの鼻先に蹴りを入れる――！

『グガァッ!?』

「オラァ、悔しいだろう!?　だったら立てよッ！　もう一回楽しい鬼ごっこをしようじゃねぇかッ!?」

一方的なことを言いながら、サングリースは何度も何度も痺れて動けないドラゴンに蹴りを食らわせる。

黄金の鱗に守られているドラゴンにとって、本来ならばただの打撃など大したダメージにはならない。

だが一撃を受けるたびに、黄金竜は痛みに悶えた。

『グゥウウゥッ!?（な、なんだこの力はッ、コイツ本当に人間か!? それに、生身にしては硬すぎる……ッ！）』

「オラァーッ！　気合いで立てやーーーーッ！　ちょっと神経が痺れたくらいで諦めんなよッ、オレ様を楽しませるために覚醒しろーーッ！　さぁ、頑張れ頑張れ頑張れ頑張れッ！」

蹴るたびにサングリースのテンションは跳ね上がる。

スリルを愛するこの男だが、それと同じくらいに暴力を振るうのも大好きなのだ。

ドラゴンの鼻先から噴く血を浴びて、さらに彼は快感に悶える。

「死ねぇドラゴンッ！　いややっぱり死ぬなッ！　オレ様のために頑張って苦しんで生きてくれーーーーーッ！」

嗜虐に酔い痴れ、絶頂への階段を駆け上っていくサングリース。

だがそれゆえに、彼はギリギリまで気付かなかった。

「──死ね」

「ッ⁉」

咄嗟に飛び退く彼だったが、回避するにはもう遅い。

漆黒の剣を握りながら頭上より迫っていたエレンが、その片足を容赦なく切り飛ばすのだった──！

◆◇◆

『エ、エレンッ、来てくれたのか……！』

俺が到着した時には、すでにドラゴンは満身創痍のありさまだった。

身体のあちこちは黒く焼け焦げ、さらにその鼻先はグチャグチャになって血が噴き出ている。

「ありがとうな、ドラゴン。よく頑張ったな」

『うぅ……だが、たくさんのゴブリンがヤツに殺されて……！』

「……大丈夫だ。今、ゴブゾーたちゴブリン軍団に頼んで、里のみんなを避難させている。もう、これ以上の犠牲者が出ることはない」

大して広くもない里だ。もしもドラゴンが戦ってくれていなかったら、とっくにゴブリンたちは全滅していたかもしれない。本当にこの子は頑張ってくれたよ。

俺はそんな彼女を優しく撫でながら、片足を失った男を睨みつけた。

「さて――よくもやってくれたな、クソ野郎。本当なら真っ二つにしようと思ってたんだが」

もはや容赦するわけもない。

シルやサラ、そしてドラゴンを死ぬ寸前まで痛めつけ、さらに平和だった里を滅茶苦茶にした最低の男だ。

「うっ、うぅ……誰だか知らねぇが許してくれよぉ……！　もう片足を切ったんだから十分だろ⁉」

「黙れッ！」

喚く男へと一喝する。

あれほど邪悪に暴れておいて、今さら謝罪で済むものかよ。ここで必ず終わらせてやる――！

そうして俺が、地面に転がった男に斬りかからんとした――その時、

「エレン様危ないっ！」

「っ⁉」

ついてきてくれていたレイアが、俺を抱きながら横へと跳んだ。

その瞬間に怪異は起きた。つい先ほどまで俺が立っていた場所に、ヤツの切り落とされた足が雷撃を纏いながら蹴り込んできたのだ――！

「なん、だと……⁉」

「おぉっと、跳び蹴り失敗。コレ、自慢の隠し技なんだけどな～ちょっとへこむわ～」

さらに意味不明の事態は続く。

飛んできた片足がピョンピョンと跳ねながら男の下へ戻っていき、元の個所にピタリと接合されたのだった。

「ハイ、五体満足っと。ノーダメージで残念だったなぁ兄ちゃん？」

何事もなかったかのように立ち上がる男。

ってなんだそりゃ……。一部の者が使える、『治癒の魔術』ってやつか？

「いや、魔術は一人一属性とされている。ヤツは雷の使い手なんだから、電気を利用した技のはずだ。

……そういえば傷の断面から血が出てなかったが……まさか……!?」

「お、気付いたみてぇだなぁエレンサマとやら！　察しがいい男はモテるぜぇ!?」

ふざけたことを言いながら、男はその場で拳を突き出した。

すると肘のあたりから火花を噴き上げ、こちらに向かって腕が飛んできたのだ――――！

「なっ!?」

ってまた不意打ちかよコイツッ！

咄嗟に魔宝具『黒曜剣グラム』で切り飛ばすも、ガギンッという音を立てるばかりで腕は傷付かず、またも男の元へと戻っていった。

「なははっ、やっぱり通用しねぇか！　だが、仮にも『五十キロはある鉄の塊』を飛ばしてんだ。それを簡単に弾くとか、オメェさん身体強化の魔術使いか？　あるいは、その剣がそーいう能力を持った魔宝具だったり？」

「……誰が言うかクソ野郎。それよりもよくわかったよ……おまえ、雷の魔術を応用して『義足』と『義手』を自由に動かしてるんだな？」

俺の言葉に、男はニッと笑って「正解だ」と告げた。

やはりそうか。電気を操れるということはすなわち、磁力への干渉もできるということだからな。

俺が片足を切断しようとした時にも、咄嗟に足を自ら飛ばして、カモフラージュしやがったってわけか。

「頭が回るようで何よりだ。さてエレンサマ、ヤり合う前に自己紹介といこうや。

――オレ様の名は『紫電のサングリース』。この大陸を支配する、スヴァルトヘイム連邦国の宮廷魔術師だ」

「宮廷魔術師だと……!?」

それすなわち、王族に選ばれし国家最強クラスの魔術師ということだ。

高い俸給や大貴族並みの発言力に加え、国の切り札である一級魔宝具を与えられるとされている。

……つまり、ヤツは強力な雷魔術に加えて、魔宝具まで所持しているってわけか。

一体どんな能力のものだと訝しんだ――その時、サングリースは右手に握った豪奢な剣を高らかに掲げた。

「気になるんなら教えてやるよッ！　オレ様の魔宝具はコイツ、『洗練剣ミステルテイン』だ！

その能力は名前の通り、魔術の精密操作性を上げるっつー感じだよ。オレ様が鋼の四肢を自由に操れるのはコイツのおかげさ」

「っておい……!?」

なんとサングリースと名乗った男は、魔宝具の能力をあっさりと吐き出しやがったのだ。

思わず「それでいいのか」と突っ込んでしまうが、しかしサングリースは「だからいいんだよ」と笑顔で答える。

「なぁなぁエレンサマよー。相手の能力をアレコレ考えながら戦うなんざ、気持ちよくねぇだろ？　戦いってのは脳死状態でいいんだよ。ケダモノみてぇに感情と命を全力でぶつけ合うからこそ、ヤッてて熱くなるんだと思うぜー？」

「なっ……だからってあっさりと手札を晒（さら）すやつがいるかよっ!?」

コイツ、常識ってやつがまるで通用しない！

俺はレイアから魔宝具を渡される際、『これは切り札なんですから、できるだけ能力を悟られないように』と教えられた。

だというのになんなんだコイツは。色々と大胆（だいたん）すぎて、逆に踏み込むのに躊躇してしまう。

――そんな俺を見て、サングリースは「早くがっついてこいよぉ～」と甘えるように言い放ち、そして。

「しゃーねぇなぁ。ちょっとオメェをキレさせてやるよ。

――なぁ、後ろでへばってるドラゴン。里を守るためにずいぶん頑張ったようだが、そもそもどうしてオレ様はこの場所がわかったんだと思う？」

『えっ……どうしてって……？』

「答えは、テメェのせいだよクソドラゴンッッッ！　オレ様は脳内の電気信号を増幅させることもできるからなぁ！　それを利用して嗅覚を強化し、テメェの臭いを追ってきたんだよバァァカッ！」

『なっ――!?』

衝撃を受けるドラゴンに、男は重ねて言い放つ――！

「全部全部テメェのせいだッ！　この静かな里は、テメェがいたから滅茶苦茶になっちまったんだよぉおおおおおおおおーーーーーーーーーッ！」

「ッッッ、サングリースッ！　おまえぇッ！」

命懸けで里を守ったこの子になんてことを言いやがるッ!?

もはや一秒たりとも生かしてはおけない……！

俺は黒曜剣を握り締めると、地面が砕けるほどの勢いでヤツに向かって踏み込んだ――！

「行くぞォーーーーーッ！」

感情を爆発させながら剣を振るうッ！

手にした魔宝具『黒曜剣グラム』によって強化された俺の身体能力は驚異的だ。

地面を砕くほどの力で踏み込み、当たれば岩すら真っ二つにするような剛剣を叩き込む――！

しかしッ、

「うぉおおおおッエーッ!?　だけど負けねーーーーッ！」

宮廷魔術師サングリースは強敵だった。

俺に匹敵するほどの膂力(りょりょく)を発揮し、『洗練剣ミステルテイン』によりたやすく攻撃を受け止めてしまう……！

黒き刃と雷を纏った刃がぶつかり合い、廃墟と化したゴブリンの里に激突音が響き渡る。

「どうだぁエレンの兄ちゃんッ⁉　磁力操作ですげぇパワーが出せるオレ様の鋼の手足はよぉッ！

生身捨てた甲斐があったわ～ッ！」

「なっ、欠けた手足を義肢(ぎし)で補っているんじゃなく、あえて捨てたっていうのかッ⁉」

「おうよ！　コッチのほうがバトルを楽しめるからなぁッッッ！」

っ、本当に吐き気のする人種だ。

今の時代、戦火に焼かれて四肢を失い、苦しんでいる者も多い。

だというのにこのサングリースという男は、戦いを楽しむために生まれ持った手足を捨てただと……⁉

「ふざけるなッ！　戦いっていうのは、何かを守るための行為のはずだろうが⁉　仲間や自分の身を守り、権利を勝ち取って幸せに生きるための通過点だ！　それをただ楽しむためだけに生身を削るなんて、どうかしているっ！」

「ハッ、通過点に捨て身上等ッ！　どうにかしていて結構結構ッ！　だけど男ならわかるだろう、兄ちゃんよ⁉　テメェもタマ付きで生まれたんなら、英雄譚に夢を見たことがあるはずだ！　要は知らねーオッサンが暴力を振るいまくるだけの話によぉ！」

「ッ、それは……！？」

「思い出してみろ。物語の英雄がクソムカつく敵をブッ殺すたび、我がことのように胸がスカッとしたはずだ！　それが暴力の快楽よォオオオッ！　誰もがみんな、闘争を楽しむ心を持っているのさッ！」

ゲラゲラと笑いながらこちらを押し込みに来るサングリース。人間の限界を超えた力に、足元の地面に亀裂が走る。

それを必死で押し返しながら、俺はヤツへと吠え叫ぶ！

「いいや違うッ！　お前が振るうような独りよがりの暴力と一緒にするな！　何かを守りたいからこそ英雄は戦うんだ！　英雄譚の本質は、誰かを救うことにある！」

「ガハハハハッ！　言うじゃねーか兄ちゃんよぉッ！　ならば俺を殺して英雄になれ！　さぁさぁ殺し合おうやァーーーッ！」

殺意と闘志を滾らせながら、俺たちは超絶の斬り合いを開始する――ッ！

人外の力を込めて振るわれる両刃。共に握るは国宝級の一級魔宝具。

その二つがぶつかり合うたび、すさまじい衝撃波が巻き起こる。

それによって足元の地面が砕け散り、共に激しく弾かれ合った――！

「ギャハハハハハッ！　オォラッもっと打ち込んでこいやァアアーーッ！」

「言われるまでもないッ！」

だが俺たちは止まらない。宙を舞い散る地面の断片を足場とし、相手に向かって再び斬り込んでいく！

かくして巻き起こる斬撃（ざんげき）の嵐。二撃、三撃と打ち合うたびに俺たちの戦いは加速していき、やがて剣速は人間の知覚速度を振り切るほどの領域へと突入していく――――！

「うぉおおおおおおおおおおお――――――――ッッッ！！！」

十撃、百撃――そして千撃。

ただひたすらに「ぶっ殺してやるッ！」と叫びながら、がむしゃらに刃を振るい合う！

「ヒャハハハハッ！　どうだァ兄ちゃんッ、楽しいだろ!?　相手をぶっ殺すことだけを考えて暴れまくるってのはよぉッ!?」

「チィイイイ――！」

相手の言葉に答える余裕などなかった。

初めて出した全力以上の全力により、俺の体力はすさまじい勢いで消費されていく。

だがここで攻め手を緩めたら負けだ。俺は闘志をさらに滾らせ、野獣のごとくサングリースへと襲いかからんとした。

だが、その刹那、

「エレン様ッ、これは罠です！」

レイアの声が響くのと同時に、頭上から何発もの霊弾が降り注ぐ――――！

精神に直接ダメージを与えるという『ゴースト』の技だ。サングリースは「チッ」と舌打ちをしながら飛び退くが、俺のほうはそうはいかない。

突然の味方からの攻撃を避けられるわけもなく、霊弾を何発も浴びて強制的に闘志を削り取られ、俺はその場に膝をついた。

「ッ、レイア……何を……!?」

「エレン様。今飛びかかろうとしたサングリースの足元を、よく見てください」

そう言われ、俺はつい先ほどまでサングリースが立っていた場所に目を向けた。

するとそこには、一体いつの間に置かれていたのか、一本のナイフが落ちていて……!

「なっ……そういうことか。もしもあのままサングリースと鍔迫り合うことになってたら、磁力操作の力を使われて……!」

「ええ。足元から跳ね上がったナイフに顎を貫かれていたでしょうね……」

レイアの言葉に、俺はごくりと息を呑んだ。

もしも彼女が無理やり俺を止めてくれなかったら、今ごろ死んでいたかもしれない……!

「気を付けてくださいエレン様。あのサングリースという男は、かつてわたくしを殺した『勇者』と同じく、殺人の才能に愛された人種です……!」

瞳に恐怖をにじませるレイア。そんな彼女と同じく、俺も底冷えするような思いでサングリースを睨んだ。

するとヤツは、「あちゃ～気付かれちまったかぁ」と呟きながら、腕を組んで溜め息を吐き……。

……ん？　腕を組んで……？

「ッ──サングリース！　おまえ、手に持っていた剣はどこにッ!?」

「あぁ。せっかくの罠をメイドちゃんに気付かれちまって、こりゃー長期戦になると思ったからなぁ。

──つーわけでエレンの兄ちゃん、まずはオメェの手駒から削らせてもらうぜぇ……！」

その瞬間、俺はハッと後ろを振り向いた！

するとそこには、いまだに動けない黄金竜と、そんな彼女を貫かんと飛翔するサングリースの剣があって──！

「ド、ドラゴンッ!?」

『なぁっ!?』

迫りくる死を前に、瞳を見開く黄金竜。

──かくして次の瞬間、戦場に血の花が咲いたのだった。

14：漆黒の殺意

「そん、な……っ⁉」

仲間の胸から、舞い散る鮮血。

サングリースの剣に胸を貫かれ、絆を結んだばかりの友は、血を吐きながら倒れた。

――しかしそれは、ドラゴンではなく。

「ゴホォッ……！」

「っ、ゴブリーフッ⁉」

そう。ゴブリンの里の長である美貌の魔人ゴブリーフが、黄金竜の盾となったのだ――！

急いで駆け寄る俺とレイア。

特に彼とは関係の深い幽霊メイドは、「そんなぁっ⁉」と悲鳴を上げながらゴブリーフを抱き起こした。

「目をッ、目を覚ましてくださいゴブリーフッ！　アナタってばなんて無茶を……！」

「ほ……ほほっ、里の長として……魔王軍の元幹部として、レディを守るのは当然の務めですじゃ……！」

血を吐きながらも、彼は無理やりにキザな笑みを作った。

そうして、震える黄金竜のほうを見る。

『わッ、我のせいだ……！　我のせいで多くのゴブリンたちが殺され、貴様のことも……！』

「違いますぞ、ドラゴンのお嬢さん。……たとえ原因がどこにあろうが、もっとも悪いのは、虐殺(ぎゃくさつ)の実行犯であるあの男に決まっているでしょう……！

それにアナタは、里の者たちを守るために奮闘してくれたというではないですか。本当に感謝しますぞ……！」

『ッ、うぅッ……！』

彼の言葉に、黄金竜は大粒の涙をこぼした。

レイアもまた、偉大なる側近を抱き締めながら子供のようにむせび泣く。

かくして少女たちの嗚咽(おえつ)が響く中、ゴブリーフは俺のほうを見て呟く。

「すみませんな、エレン殿。せっかく、『男友達』というやつになれたばかりだというのに……」

「しっかりしろゴブリーフッ！　今すぐに、治療をッ！」

「エレン殿……あぁ、我らが新たな魔王様よ……！　あとは全て頼みましたぞ。どうか、あらゆる魔物が幸せに暮らせる楽園を作り上げてくだされ……っ！」

──それが、彼の最期の言葉となった。

光を失うゴブリーフの瞳。細い身体から力が抜け落ち、それきり物言わぬ骸(むくろ)と化すのだった。

「くっ、ゴブリーフ……ッ！」

彼の遺体を前に、俺は少女たちと共に涙を流す。

そうして俺たちが悲しみに暮れていた──その時。勇敢なるゴブリーフの死を嘲笑(あざわら)うように、パチリパチリと白けた拍手の音が響いた。

「あーあ、なんか知らねーけど謎のイケメンご臨終(りんじゅう)～。……感動的な場面すぎて、思わずグチャグチャにしたくなるわぁ……！」

その瞬間、ゴブリーフの胸に刺さっていた剣が磁気を帯びながら宙へと浮かぶ！　そして再び黄金竜を狙うように切っ先を向けた！

「ッ、させるかぁ！」

手にした刃を咄嗟に振るい、血に濡れた剣を弾き飛ばした。

そして、仲間の死を嘲笑った最悪の男を睨みつける……！

「サングリース、おまえ……」

「ハハハハハッ、そぉら怒れよエレンくん！　オレ様のことしか見えなくなるくらいに怒り狂え！　殺意と憎悪に染まりながら、自分の中の可能性を全部引き出せ！　ガチになれッ！　そんな相手をぶっ殺すのがッ、このサングリース様の楽しみなんだからよォオオオーーーッ！」

高笑いをするサングリース。

弾き飛ばされた剣を手中に戻し、「さぁさぁこいやッ！」と喚き続ける。

……そんな男を前に、俺の感情はなぜか急速に冷めていった。

許せないはずなのに、怒っているはずなのに、レイアに止められる前のような暴走状態にはならない。

ただ冷静に——そして冷酷に、〝どうやってこの男を殺そうか〟と思考が高速で回り始める。

「……あぁ、そうか。おまえは害虫なんだよ、サングリース」

「っ、なんだとォ……！？」

ここで初めて、笑ってばかりだった男が不愉快そうな表情を浮かべた。

俺の言葉に苛ついたのか、それとも俺が想像通りに怒り狂わないのが気に食わないのか、あるいはその両方か。

――ま、どうでもいいな。害虫が何を考えてようが、思いを馳せるだけ無駄だ。

「なぁサングリース。おまえは飛び回る蚊を潰す時、吼え叫びながらぶっ殺すのか？

……違うだろ。ただ〝邪魔だなぁ〟と思いながら、ごく当たり前にこの世から消すだけだろうが」

「ッ⁉」

今の心境はまさにそれだ。

もう怒るとか許さないとか、そういう感情のラインは完全に越えてしまっていた。

ただ死んでほしい。ただ消えてほしい。反省や後悔なんてしなくていいから、ただただ彼がいなくなることを願う。

「……殺してやるよ、サングリース。無駄に苦しめることもなく、おまえをこの世から消し去ってやる……！」

――かくして俺が、暗く冷たい漆黒の殺意に目覚めた、その瞬間。

・条件達成、『眼前における仲間の死』『許容限界以上の殺意』を確認。
紋章の深度(レベル)上昇と共に、新たな権能を解放します。


手の甲に刻まれた『魔の紋章』が、さらなる力を俺に与えた――！

「ははっ、こりゃぁいい……すぐにでもおまえを殺せそうだ……！」

――新たに目覚めた魔王の力。

その使い方を魂で理解しながら、サングリースに近づいていく。

「さぁ、やろうぜサングリース。お望み通り、殺し合おうか」

「ッ……!?」

一歩ずつ歩み寄る俺に対し、ヤツは初めて警戒するような表情を見せた。

流石は百戦錬磨(ひゃくせんれんま)の戦闘狂というべきだろう。

今の俺がつい先ほどまでとは別の次元に立っていることを察し、冷静に様子見をするようだ。

――だがさせるかよ。

「なんだどうした、戦わないのか？　俺が怖いのか？

まぁ、別にそれでもいいんだけどな。おまえみたいな害虫なんて、視界に入れるのも不愉快だ。

なんならアレだ――謝るんなら、逃げてもいいぞ？」

「ッッッッ!? テッ、テメェクソがァッッッッ！　何が『逃げてもいいぞ』だァアアアアアーーーーッッ!?」

俺の一言にヤツの感情が爆発した――――！

後ずさりかけていた足を踏み出し、怒り狂いながら突撃してくる。

ああ――まったく予想通りだよ。考えてみればすぐにわかることだ。

明らかに安い挑発だろうが、サングリースという男は『停戦』に関わる言葉だけには反応せざるを得ないだろうさ。

「ハハッ、見逃されるのは嫌だよなぁ？　構ってくれなきゃ死んじゃうよなぁ!?　何せおまえが大好きな『戦い』っていう概念は、相手がいないと成立しないんだからなぁ！」

そう。ゆえにコイツは舌を回して、ドラゴンや俺を必死で怒らせようとしていた。

それがわかれば対処は簡単だ。こちらが相手をしなくなれば、『戦闘狂』はそりゃあ怒ってくれるだろうさ。

〝相手の逆鱗に触れ、こちらのペースに無理やり持ち込む〟。

おまえが教えてくれたやり口だよ、このクソ野郎。

「死ねやガキがァアーーーーーッ！」

怒号と共に飛びかかってくるサングリース。

鋼の四肢に磁気が迸り、握り締めた剣の柄がミシミシミシミシッッッッと悲鳴を上げている。

なるほど、その人外のパワーによって無理やり力で捻じ伏せる気なのだろう。

だがしかしッ、

「いくぞサングリースッ、本当の人外の力を見せてやる！　――異能(スキル)発動、【絶対防御・黄金障壁】！」

次の瞬間、俺の眼前に金色に輝く光の盾が現れた！

それはサングリースの剣をたやすく受け止め、反動で弾き返してしまう。

「なっ、なんだそりゃッ!?　魔術か!?」

驚愕に目を見開くサングリース。そこに俺は右手を突き出し、情け容赦なく追撃をかます。

「異能(スキル)発動、【火炎】六連ッ！」

「はぁ!?」

手のひらから放たれた六発の大火球に、さらにサングリースは狼狽(ろうばい)する。

必死に剣で切り飛ばしていくも、ヤツは「うがぁあああああッ!?」と悲鳴を上げた。

「ああ、そりゃあそうなるだろうさ。何せおまえの四肢は鋼なんだもんなぁ？」

水分を含んだ生身とは違い、熱伝導率(ねつでんどうりつ)は泣きたくなるほどすさまじいだろう。

剣から伝わる【火炎】の熱はすぐさま四肢を灼熱化させ、サングリースの肩や腿(もも)から肉の焼ける音が響き始める。

「クッ、クソォッ、どうなってんだよォッ!?　光の盾を出した次は、火をブチ撒(ま)いてきただとぉ!?」

片膝をつくサングリース。激痛によって脂汗を流しながら、「わけがわからねぇ……！」と表情を歪める。

「なんなんだよこりゃっ!?　魔術っていうのは、一人につき一属性じゃないのかよ……ッ！」

「簡単なことだ。俺が使った二つの力は、仲間の魔物から借り受けたモノなんだからな」

――そう。俺は紋章の進化によって、『絆を結んだ魔物の異能(スキル)が使えるようになる』という人外の力を獲得していた。

一つ目の【絶対防御・黄金障壁】はゴルディアス・ドラゴンが持っていたものだ。

アイツの鱗はただ硬いっていうわけじゃない。異能(スキル)によって衝撃を和らげる概念的加護がかかっており、俺はそれを一点に収束させて盾としたのだ。

そして二つ目の【火炎】は、ギルド時代からの仲間であるサラマンダーのサラより借りたものだ。

鋼の手足を自慢とするサングリースにとっては、熱はまさに鬼門(きもん)だろう。

「どちらもおまえに傷付けられた仲間たちの能力だ。存分に味わってくれたか？」

「ッッ……ハッ、ハハハハハハッ！　本当になんだこりゃッ、わけわかんねぇよッ！　魔物の力が使えるとか、オメェ化け物かよコンチクショォオオオーーーーーーッ！」

震えながらも、しかしてヤツは諦めない。

狂気的な笑みを浮かべ、地面が砕けるほどに踏み込む――！

「ガハハハッッッ！　化け物上等ッ！　さぁエレンッ、オレ様を殺してみろやァあああ！」

そして、サングリースは紫電となった。

手にした剣に雷光を纏わせ、人外の速度で斬りかかってくる。

「うおおおおおおッッッ！！！」

一気呵成（いっきかせい）の猛特攻を仕掛けるサングリース。

剣を振りかぶるヤツに対し、俺もまた黒刀を握り締め――ッ、

「異能（スキル）発動、【疾駆】！」


そして、俺は一迅（いちじん）の風となった――！

身に纏わせたのはシルバーウルフのシルの異能（スキル）だ。

その能力は速度を上げるだけという単純なものだが、元より俺には『黒曜剣グラム』によって齎（もたら）された身体強化の加護がある。

その二つが合わさったことで、俺の速度は空気の壁すら突き破り――、

「これでっ、終わりだァあああ！！！」

「がはああああああああッッッッ!?」

戦場に響く断末魔。

かくして俺の黒刀は、サングリースの心臓を刺し貫いたのだった――！

15：新たな仲間

最後の瞬間まで、俺は容赦をしなかった。

血だまりの中でぐったりと倒れるサングリース。

心臓を貫いたのだから死んでいて当然だが、相手は世界最強クラスの宮廷魔術師だ。常識が通じるとは限らない。

ゆえに俺は彼が手にしている剣を蹴り飛ばし、駄目押しとばかりに首元を突き刺した。

――そこまでして、俺はようやく力を抜き……、

「俺の勝ちだ、サングリース……ッ！」

憎き男の亡骸(なきがら)へと、勝利を宣言するのだった――！

◆　◇　◆

――それから幾ばくかの時が経った頃。

怯えすくんでいるゴブゾーたちゴブリン軍団に、全身に包帯を巻いたサラマンダーのサラとシルバーウルフのシル、そして目元に涙の跡を残したレイアやドラゴンを背後に庇いながら、俺はまっすぐに前を見た。

そこには、殺意に染まった瞳でこちらを見ているゴブリンの群れが。

そう――サングリースによって家を焼かれ、多くの仲間を失った里のゴブリンたちである。

彼らにとって、あの男を招き寄せてしまった俺たちもまた『敵』だったのだ。

「……ありがとうな、お前たち。シルやレイアに手当てをする時間をくれて。本当なら、すぐにでも追い出したかっただろうに」

『いやいや……ひとまず、オラ個人からは礼を言っておくゴブッぺ。里を滅茶苦茶にし、ゴブリーフ村長を殺したあの男を始末してくれたことだけは、本当に感謝してるゴブッぺ』

そう言って小さく頭を下げたのは、俺たちをゴブリーフに引き合わせてくれた案内役のゴブリンだった。

名をゴベルグと言って、老衰したゴブリーフの代わりに里の催事を執り行うリーダー的な存在らしい。

それゆえか他のゴブリンたちよりは落ち着いた雰囲気ながらも、彼もまた複雑そうな表情をしていた。

『まぁ……そうは言っても、あのサングリースという男は、アンタの仲間であるドラゴンを追ってここに来たんだゴブッぺなぁ……？』

『うぅ……っ!?』

気まずそうに俺の背後の黄金竜を見るゴブリーフ。その視線にドラゴンがビクッと怯えたように震える。

――俺は一歩前に出ると、その視線から彼女を守るように立ちふさがった。

「ああそうだ。――全ては、ドラゴンの主である俺の責任だ。彼女を連れていた俺が悪い」

『ッ、エレンよ……!?』

背後で戸惑う黄金竜。彼女が『ち、ちがう、我のせいで――！』と言いさしたところで、俺はゴブリンたちへと言い放つ！

「今言った通りだ！　虐殺の実行犯はサングリースだろうが、全てはこの俺の責任だ！　どうか好きに責めてくれ！」

そう言った瞬間、里のゴブリンたちがにわかに殺気立つ。

傷だらけの身体を引きずり、『死んだ家族を返せゴブっ！』『平和な里を返せゴブ！』と怒号(どごう)を上げた。

あぁいいさ。実際に俺がこの地に行く判断をしなければ、ゴブリンの里が崩壊しなかったのは事実だ。

彼らには俺を責める権利がある。どうか気が済むまで罵ってくれ。

――だが、

『クソッ、よく考えたらリーダーのゴベルグッ！　そいつらを連れてきたアンタも同罪ゴブッ！

死んで償えーッ！』

一匹のゴブリンがゴベルグに向かって石を投げる――！

『ひぃっ!?』

「っ、すまないがそれだけはやめてくれ！」

俺は咄嗟にゴベルグを庇うと、投げられた石を頭で受けた。

鈍い衝撃と共に皮膚が裂け、鮮血が顔を滴り落ちる。

「ッぅ……怪我はないか、ゴベルグ……？」

『なっ、アンタ……ッ!?』

驚愕に目を見開くゴベルグ。俺はそんな彼を背に隠し、里のゴブリンたちへと訴える。

「もう一度言うッ！　全部悪いのはこの俺だッ！　だからどうか、仲間割れなんてやめてくれっ！

責めるならこの俺だけにしてくれ！」

そう言い放つと、ゴブリンたちは『だったらその通りにしてやるゴブッ！』『死んじまえニンゲン！』と吼え、地に転がった小石や瓦礫（がれき）を感情のままに投げつけてきた！

それらに全身を滅多打ち（めったう）にされるが、俺は身体を張って受け止め続ける。

震えるゴベルグや、背後で悲鳴を上げる仲間たちには、決して当たらないように……！


――それから数分間、俺の全身が血だらけになった頃……、

『はぁ、はぁ……！　な、なんだコイツ、ゴブ……ッ！』

『なんで抵抗の一つもしないゴブ!?』

『コイツ、本当にオラたちに殺される気ゴブか……!?』

怒り狂っていたゴブリンたちに変化が起きる。

されるがままの俺に対し、徐々に戸惑う者が現れ始めたのだ。

『……虫けらみたいに殺されまくったオラたちとは違って、あの男を殺せるくらい強いのに……！』

誰かがポツリと漏らした呟き。

それに対し、俺は倒れそうになりながら答える。

「……違うだろう。強さなんて関係ないだろう……！　たとえどんな強者だとしても、罰から逃れていいわけがないだろうが……！」

『っ!?』

ゆえに抵抗などするか。

おまえたちの怒りは全て受け止めてやる。

「力や立場にかまけて責任すら負わないヤツは、俺が一番大嫌いな人種だ。

……俺はこれまで、そんな者たちを多く見てきた。普通の髪色に生まれただけで、俺のような黒髪の者を罵ってもいいと思い込んでたり……人間に生まれたというだけで、おまえたち魔物を傷付けてもいいと思ってるクソ野郎どもをな……！」

特に俺の養父であるケイズは『運命に選ばれし魔術師サマ』だったからな。

生まれ持った魔術の才を誇示し、『自分は強いから何をしてもいい』と思っている人種の典型例だった。

「あのサングリースという男も、一切の罪悪感すら感じることなくおまえたちを殺していただろう。――ふざけるなよ。なんなんだ、それは……！　たまたま優位な立場に生まれただけで、たまたま強い力を持って生まれただけで、横暴（おうぼう）にふるまっても許されると？　他者を傷付けても謝る必要すらないと!?　そんな話があってたまるかッ！」

醜悪な連中への怒りを胸に、俺は拳を握り締める……！

「だからこそ俺はここに来たッ！　友である魔物たちが二度と人間に虐げられることのないよう、平和な楽園を作るために！　その戦力を求めてこの里にやってきたんだッ！」

そう言い放った瞬間、ゴブリンたちは一瞬ビクリと動きを止めるも、やがて『ふ、ふざけるなゴブッ！』と再び怒号を上げた。

『何が平和な楽園ゴブかっ!?　オ、オラたちはずっと平和に暮らしてきたゴブッ！　それなのにおまえたちが来たせいで――』

その時だった。ゴブリンたちに対し、『嘘を吐くなゴブッペッ！』と鋭い叫びが向けられたのだ。

声の主は、俺の背後にいたゴベルグだった。

怒気をにじませながら前に出る彼に、ゴブリンたちは困惑する。

『いい加減に、現実を見ろゴブッペ！　たしかにオラたちの里は平和だったが、この場所はどこだ!?　土の下だッ！　こんな日も当たらないところで虫みたいにコソコソと繁殖している状況が、本当に平和なんだゴブッペかッ!?』

『つっっ!?』

ゴベルグの指摘に押し黙るゴブリンたち。

そんな彼らにゴベルグは続ける。

『そもそもの話。エレンの旦那たちを里に招くことを選んだのは、この場所を作り上げたゴブリーフ村長だゴブッペ。

なぁオイ、なんでだと思うゴブッペ？　どうして村長は、他の人間に見つかるかもしんねぇリスクを冒してまで、エレンの旦那みたいなお人を求めたんだゴブッペ？

――んなもん決まってる。このままじゃぁ遅かれ早かれ、この地は終わってたからだゴブッペッ！』

「……なに？」

ゴベルグの言葉に一瞬戸惑い、そこでハッと気付いた。

――ゴブリーフ曰く、ゴブリンたちの異能（スキル）は【精力旺盛】。

魔王レイアによって『子沢山』であることをコンセプトに作られた存在なのだと。

ゆえに彼らは極めて強い繁殖力を持ち、どんな酷い環境だろうが数を増やせてしまうのだ。

……たとえ、この広さの限られた地下空間だろうが。自分たちですら制御できない魂の設計図に従って。

『……考えなしに地下を広げ続けたら、いずれ地盤が崩れるゴブッペ。そうなりゃオラたちゃ全滅だ。

かといって広さを制限し、里から溢れたゴブリンを追い出していくのもダメだ。里に住む権利を求めて殺し合いが起きちまう。

――そして何より、そうやってオラたちが土の下で悩んでる間にも、人間はどんどん魔物を手下にして勢力を広げてんだ。いずれ誰かが、この地に気付くに決まってたゴブッペ……！』

まさに八方ふさがりだと呟くゴベルグ。

彼は俯いている里の者たちへと言い放つ。

『だからオラたちは、いずれどこかで賭けに出なきゃいけなかったんだ！　今日がその日だということだゴブッペ！

さぁ、解散の時だ。他の場所にも地下集落を作ろうと思うヤツはそうすればいい。地盤（じばん）の固さを調べる方法もなければ、大工事ゆえに人間に見つかるリスクも高いけど、新しい楽園が手に入るかもしれないゴブッペ。

この地に残りたいヤツもそうすればいい。サングリースの野郎を探してさらに別のヤツがやってくるかもしれないが、しばらくは平和に暮らせるゴブッペ！』

突き放すようなことを言う彼に、ゴブリンたちは不安に戸惑う。

やがてその中の一人が、ゴベルグへと尋ねた。

『リ、リーダー……！　それじゃあアンタは、どうする気ゴブか……？』

そんな問いに、ゴベルグはフンッと鼻を鳴らすと――、

『――オラは、エレンの旦那についていくゴブッペッ！　もう仮初（かりそめ）の平和なんて求めねぇ。太陽の

下で本当の楽園を手にするために、人間どもと戦ってやるゴブッペーーーーッ！』

廃墟となった地下集落に轟く宣誓。

彼の言葉に、少なくはない数のゴブリンたちが目を見開く。

かくしてゴベルグはニッと男臭く笑うと、俺に右手を差し出してきた。

『というわけで旦那、お世話になるゴブッペ！』

「はっ……はは！　ゴブリーフのヤツ、最高の部下を残していきやがって……！

あぁ、わかったよゴベルグ。このエレン・アークスが、『二代目魔王』としてお前の理想を叶えてやるッ！」

男の誓いにこちらもまた宣誓で返し、俺たちは熱い握手を交わすのだった──！

※新しい仲間、ゴベルグとゴブゾーの性能差比較。
ゴベルグ：数千人規模の里のリーダー。戦闘力10　知恵50
エレンからの評価：友の遺した最高の部下

ゴブゾー：数十匹の規模の集団のリーダー。　戦闘力1　知恵10
エレンからの評価：ビビリのマスコット
ゴブゾー「……」

16：戦いのあとで

「――ふぅ、ようやく起き上がれるようになってきたな……」

ゴブリンの里より帰還してから三日。

俺は『魔城グラズヘイム』内に設けられた自室にて、静養に努めていた。

まぁ仕方ないか。ゴブリンたちの怒りを受け止めたのはもちろん、サングリースとの戦いでは人間離れした動きをかましまくったからなぁ。

魔宝具『黒曜剣グラム』は筋力だけでなく耐久力も上げてくれる優れものだが、決して身体への負荷がゼロになるわけじゃない。

無茶な戦いで筋肉はズタズタになっており、今朝まで寝たきりだったくらいだ。

「早く動けるようにならないとなぁ。たくさんのゴブリンたちも仲間になったことだし……」

呟きながら窓の外を見る。

そこには、日差しの下でのんびりと身体を休めるたくさんのゴブリンたちが。

そう。あれからのことだが、ゴベルグに続いて人間たちの支配に抗（あらが）いたいという者が三〇〇匹ほど現れたのだ。

まぁ里全体からしたら十分の一ほどの割合だが、本当にありがたい限りだよ。

ちなみにそれ以外のほとんどの者は、地下集落でこれまで通りに暮らしていくことを決めたらし

いが……、

「う～ん……やっぱり『洗練剣ミステルテイン』って、里に残ったゴブリンたちが持っていったのかなぁ……」

実は一つ懸念があった。

騒動のあとにサングリースが使っていた魔宝具を回収しようと思ったのだが、どこにも見当たらなかったのだ。

となると可能性は一つだ。サングリースの死体は普通に残っている以上、里のゴブリンたちが持ち去ったってことだろう。

「よこせ、とは強く言えないよなぁ。これからは里のゴブリンたちにも、いざという時に身を守れる力が必要になるわけだし。剣の一本もそりゃ欲しいよなぁ……」

それにサングリース曰く、洗練剣の効果は『魔術の精密性が上がる』ってものだそうだからな。

俺は魔術が使えないから、ゴブリンたちと争うことになってまで手に入れる必要はないだろう。

――と、そんなことを考えていた時だ。「失礼しますよ～」という声と共に、幽霊メイドのレイアが部屋に入ってきた。

「お身体を拭きに……って、あーっエレン様！　まだ傷が治り切ってないのにベッドから起き上がっちゃダメですよー！」

「わ、悪い悪い。でもだいぶよくなってきたし、身体を拭くくらいなら一人でできるぞ？」

「ダメです、安静にしててくださいっ！　完全に体調がよくなるまで、身の回りのお世話は全部わたくしがするんですからっ！」

豊かな胸をドンッと叩きながら「わたくしに任せてくださいッ！」と言うレイア。

……この子もずいぶんと元気になったものだ。

魔王時代の側近であるゴブリーフを失った時は意気消沈としていたが、俺が怪我と疲労で動けなくなってからは、こうして全力で看病してくれていた。

「う〜んいいのかなぁ。元魔王様にお世話なんてさせて……」

「元魔王、だからこそいいんですよ。いってみればわたくしは『先輩』みたいなものなんですから、どうか遠慮せずに頼ってくださいっ！」

「ははっ、なるほど先輩かぁ。そういうことならお願いしますよ、レイア先輩」

そう言うと彼女は嬉しそうに微笑むのだった。本当に可愛らしい先輩だ。

——というわけで服を脱いで身体をあちこち拭われながら、レイア先輩に一つ相談する。

「なぁレイア。実は『魔の紋章』がレベル『II』から『III』になった時、魔物の異能が使えるようになったこと以外にも能力が追加されたんだが」

「あぁ……たしかその段階では、『魔物たちの進化権』も行使できるようにしてましたね」

「そうそう。ただこの発動条件が、他とは違ってちょっとわかりづらいんだよなぁ。

たしか〝魔王が望めば進化するというわけではなく、経験を積んだ魔物自身が強い渇望を抱いた時、進化することが可能になる〟って感じだったか」

ゴブリーフも語っていた通り、俺の魂にもそのような概要が刻まれていた。

……だけど細かい定義がわからないんだよなぁ。

「渇望はまぁわかるとして、経験を積んだ魔物っていうのは具体的にどういうことなんだ？　ただ年齢を重ねただけじゃダメなのか？」

「ええ。何歳から進化できるというわけではなく、どれほど数多くの苦難を乗り越え、心身が鍛えられてきたかによります。

それゆえ竜種のような元から強い魔物よりも、ゴブリンのように弱くて苦難の多い者ほど進化が早かったりしますよ？　ゴブリーフなんて配下の中でも一番に進化しちゃいましたし」

「あぁ……アイツはそりゃあなぁ……」

そりゃ魔王レイアのことが大好きだった男だからな。

愛する少女の側で『この人の隣で永遠に美しい自分でいたい』なんてめちゃくちゃ重い渇望を抱えてれば、そりゃ速攻で進化するわ。

「……でも正直言うと、わたくし自身も正確には能力を把握してないんですよねぇ。何せどうして自分が『魔物という存在を生み出し、強化などができる能力』なんてものを身に付けて生まれたのかわかってないんですから。

……おかげでたくさんの人に疎まれて、キレて大戦争かましちゃいましたよ……！」

「キレて大戦争かましちゃいましたって……まぁそりゃそうか。レイアは望んで魔王になったわけじゃなくて、たまたま『魔王になれる能力』を持って生まれただけなんだもんな。この力を正確に知るには、それこそ『創造神ユミル』にでも尋ねてみるしかないよなぁ」

「ええ。もしも神様なんて実在するなら、文句の一つでも言いたいところですね」

レイアと共に苦笑する。

俺もこのまま引き継いだ能力のレベルを上げていったら、魔物を自在に生み出せるようになるのだろう。

そうなりゃ俺を潰すために全人類が全力で戦いを挑んでくるんだろうなぁ。

本当に争いしか生まない力だ。

もしも世界や人類を作り出したという『創造神ユミル』が実在したなら、一体何を考えてそんな力をお与えになったんだか。

「まぁ、今ではそこまで怒ってないんですけどね。ゴブリーフのようなたくさんの素敵な家族たちを生み出せたわけですから」

「ああ、それについては同感だ。俺もシルやサラたちに出会えたからな。

まぁ話はそれちまったけど、とにかくいっぱい鍛えて強い思いを抱いた魔物から勝手に進化していけるってわけだな？」

「ええ、魔王自身が目の前にいる必要もありません。いずれ時が来た、配下となった魔物の脳内に『進化が可能になりました』という声が響き、あとは魔物本人が願いさえすれば進化完了ですよ。

ゴブリーフなんかは自慢したかったのか、わたくしの前で謎のイケメン姿に進化しましたけどね？」

「ア、アイツは本当に……」

めちゃくちゃレイアにアピールしてるじゃないかアイツ。

だが悲しいかな、この天然系魔王幽霊メイド先輩には一切想いが伝わってなかったらしい。

というかさっきも魔物のことを『家族』って言い切ってたあたり、恋愛対象じゃなかったみたいだしな……。

——そうしてレイアに身体を拭われながら、雑談をしていた時だ。

俺はふと、ドアの隙間からシルバーウルフのシルが覗いてきていることに気付いた。

『じ？……！』

「んんっ？　どうしたんだ、シル？」

『はっ⁉　い、いやそのっ……や、やっぱりなんでもないッッッ！』

声をかけるや、なぜかシルはそっぽを向いてどこかに駆けていってしまう。

って本当にどうしたんだアイツ？　アイツもかなりの怪我を負っていたはずなのに、わざわざ俺のところに来て。

「お見舞いに来てくれたのかな……？」

俺は首を捻りながら、去っていくシルの背中を見つめるのだった。

◆　◇　◆

『くそぉ、レイアのやつめ……！　元魔王だというだけでエレンにちょくちょく頼られてズルいぞ……！』

夕暮れに染まる銀狼の森を、シルバーウルフのシルはボヤきながら歩いていた。

——つい先日。ゴブリンの里より帰還したエレンは、そこであった出来事の全てを魔物たちへと伝達した。

その中には、幽霊メイドのレイアが実は魔王だったというシルすら知らない情報も含まれていた。

魔王といえば全ての魔物を生み出した偉大なる真祖である。

その事実に多くの者たちがどよめく中、シルの心に浮かび上がったのは『エレンに頼られて羨ましい』というくだらない嫉妬の感情だった。

『うぅ、わたしだってエレンをいっぱい助けたいのにぃ……！

それに、幽霊のくせに触れ合えるとかふざけるな！そんなの、もはや普通の人間の女と変わらないじゃないかぁ……っ！』

泣きそうな声で呻くシル。

サングリースに傷付けられた身体以上に心が痛い。

……エレンとレイアが仲良くしている姿を見ると、切ない痛みが止まらないのだ。

『くそっくそぉ……！　レイアのアホめっ、牙も爪も持たないくせに、わたしを苦しめるな……っ！』

アイツに比べて自分はどうだと、シルは毛むくじゃらの前足を見る。

ああ……どう見ても犬のものだ。白くて滑らかなレイアの肌とはまるで違う。

こんな身体では、エレンから恋愛対象として扱われることすら不可能だろう。

だが——解決策は、ある。

というよりもその解決策について、シルは思い悩んでいた。

『はぁ……今日の朝に頭に響いた、〝アナタは進化が可能です〟という声。これは間違いなく、エレンが説明してくれた進化権というヤツだろうな。願えば姿を変えられるというが……しかし……』

〝しかし——自分は誇り高き銀狼一族のリーダーである。

だというのに、エレンとつがいになるためだけに牙も爪も捨て去り、弱い人間の姿になっていいのだろうか？　リーダーならば強さを優先すべきじゃないか？〟

そんな悩みをシルは朝から抱え続けていたのだった。

『あぁどうしたものか……！　リーダー的に考えるなら、やはりさらに爪や牙を鋭くして、ついでに身体をおっきくしたほうが威厳が出るだろうし……！』

『ふ～ん、でもそれって女の子的にどうなのよ？』

『あぁそこなんだよ！　そもそも年若いわたしがリーダーをやることになったのは、オス並みに身体がデカいからなんだっ！　おかげで昔から女扱いされてこなくて嫌だったんだ……』

『なるほどねぇ。でもエレンは器がおっきいから、そんなアンタのこともちゃんと女の子として扱っているわよね？』

『うむそうなのだっ！　図体のデカいわたしのことを、アイツは可愛いって言ってくれてたんだ！　でもどうせなら本当に可愛い見た目になって、エレンを誘惑してやりたい——って!?』

そこでシルはようやく気付いた。

いつのまにやら自分の側に、サラマンダーのサラがいたことに。

『おっ、おまっ⁉　一体いつからここに……⁉』

『〝くそぉ、レイアのやつめ……！　元魔王だというだけでエレンにちょくちょく頼られてズルいぞ……！〞あたりからいたわよ』

『って最初からじゃないかぁッ⁉』

つまりは例のメイドに対する嫉妬心駄々洩れな陰口をバッチリと聞かれてしまったわけである。

これほど恥ずかしいことはない。シルは『う～！』と呻きながら身体を丸めて伏せてしまった。

『あ、あのアホメイドには黙っていてくれよ……⁉』

『言わないわよ、つーか私も同じ気持ちだし。……デカい乳でエレンを誘惑してくれちゃって、本当にムカつくわよねぇ』

忌々しげな表情をするサラ。

しかし彼女は『アイツもムカつくけど』と呟き、今度はシルのことを睨みつけた。

『それ以上に腹立つのはアンタよ！　アンタだってぽっと出のくせにエレンにベタベタしてるじゃないの⁉』

『ふぇっ⁉』

火を吹きながら怒鳴る彼女にシルは思わず面食らう。

だがサラの怒りは収まらない。

『そのうえ進化できるのに悩んでますとかふざけてんの!?　さっさと美女にでもなればいいじゃないのっ、このアホオオカミが！』

『なっ、アホオオカミとはなんだ!?　聞いていなかったのかっ、わたしはリーダーだから可愛さを求めていいのか迷っていると……！』

そう唸るシルに対し、サラの怒りが頂点に達する。

長い尻尾をブンッと振り回し、シルの横っ面をビンタした――！

『あいたーっ!?　おっ、おまえ何を!?』

『このおバカちんっ！　たしかにアンタは群れを率いる立場だろうけど、それはあくまで〝シルバーウルフとして〟でしょう!?

足りない頭で考えてみなさいよ。今、〝私たちにとって〟のリーダーは、一体誰なわけ？』

『っ――!?』

その問いかけにハッとするシル。

そんなの考えるまでもない。銀狼の若きリーダーは、主君の名前を即答する。

『エ、エレン・アークスだ……！　強くて優しい大好きなあのヒトこそ、わたしたち全ての魔物のリーダーだ！』

『そういうことよ。……だったらアンタが気を張る必要なんてないじゃない、これからは女の子として幸せを普通に求めていきなさいよ。エレンだって、私たち魔物が幸せになれる未来を願って魔王になったんだからさ』

『っ、ああ！』

サラの言葉にシルは力強く頷いた。

まさに目の前が晴れる思いだ。頼ってもいい誰かがいるという事実が、たまらなく嬉しい。

『……ありがとう、サラ。心からハッとさせられたよ。……群れのオスが全員人間に殺されてから、〝自分が頑張らなければいけない〟という思いが頭に張り付いてしまっていたみたいだ』

『ふんっ、アンタにお礼なんてされても嬉しくないわよ！

それじゃあさっさと美人になって、エレンにアタックしてきなさいよ。残念なことに私はまだ進化できないみたいだから、一番槍（やり）は譲ってあげるわ』

『うむっ、サラも早く追ってくるんだぞ！　群れの王はハーレムを作ってこそだからなっ！』

明るい表情でとんでもないことを言うシル。

もしも人間のエレンが聞いていたら「いやいやハーレムって!?」と突っ込むだろうが、シルバーウルフのシルは狼型の魔物である。そのへんの価値観などはケモノと同等だった。

『それじゃあ行ってくるからなーっ！』

『はいはい。……ま、頑張ってきなさいな、シル』

元気に駆けていく銀狼の背を、サラマンダーの少女は片目で見送る。

かくして数分。シルの背中が完全に見えなくなったところで、サラは静かに溜め息を吐き――、

『……言われた通りに背中を押してやったわよ。これでよかったのかしら、初代魔王様？』

「ええ。妬まれているわたくしでは、きっとシルさんは話を聞いてくれなかったでしょうから」

問いかけるサラの前に、幽霊メイドのレイアが木陰から姿を現した。

そう。サラが銀狼の少女を追ってきたのは、彼女に頼まれたからなのだ。

レイアにとって全ての魔物は我が子も同然だ。それゆえ、シルの様子が朝からおかしいことに気付いていた。

そしてレイアもまた『魔王』という立場を背負っていた者だからこそ、銀狼のリーダーであるシルの悩みをどことなく察していたのである。

「現役時代はわたくしも、威厳を考えて全身鎧を着てましたからね。おかげで人間たちには『魔王は男だった』なんて言い伝えられてしまいましたが」

『だからって乳おっぴろげのメイド服は方向転換しすぎでしょ。それ、アンタの趣味なの？』

「は、恥ずかしながら……！」

テレテレと頬を掻く元魔王。

そんな彼女にサラは『エロカワが趣味の天然馬鹿から魔物って生まれたのね……』とぼやきながら、再び溜め息を吐くのだった。

『はぁ……本当にアンタのこと大嫌いよ。私だってエレンのことが大好きなのに、そんな相手にライバルの背を押すように頼むとかあり得ないでしょ』

「そうですね。でもサラさんも、今朝からシルさんが悩んでいることに気付いて、どうにかしてあげたいとやきもきしていたでしょう？」

『っ、うるさいバカッ！　無駄によく見てるんじゃないわよッ！　そういうところが大っ嫌いッ！
……アンタも、シルも、ホント大っ嫌い……！　この私だけが、エレンにとっての〝女の子〟でありたかったのにぃ……！』

そう言って子供のように泣き喚くサラ。

レイアのように知識や経験が欲しかったと、シルのように明るさや進化できる権利が欲しかったと、サラマンダーの少女は涙を流す。

『元魔王のアンタや、一族のリーダーだったアイツと違って、私はどうせ金で買われた元奴隷の魔物よ……！　どうせ何も知らなくて、すぐにキレちゃう厄介な女よ！

でも、そんな私にも……エレンは優しく接してくれて……うぅう……っ！』

「……」

感情を爆発させるサラに、レイアはあえて何も言わない。

ただただ少女が全ての涙を出し切るまで、その場にそっと寄り添い続けたのだった――。

◆　◇　◆

『――エレン、寝ているのか？』

「んんっ……？」

月明かりの下、ドアの向こうから響いた声に俺は目を覚ました。

どうやらレイアに身体を拭われたあとに眠ってしまったらしい。おかげですっかり真夜中だ。

『伝えたいことがあって来たんだが……疲れているようなら日を改めるぞ？』

「あ、ああいや大丈夫だ！　えぇと、シル……なんだよな……？」

寝ぼけているせいか、どうにも変な感じがする。

その凛々（りり）しい口調から、ドアの向こうにいるのはシルバーウルフのシルのはずだ。

だけど俺の『魔物の声がわかる能力』というのは、あくまでも鳴き声などのトーンから勝手に口調をイメージしているだけで、実際にそう聞こえているわけじゃないんだが……。

「どうにも自然な声に聞こえる気が……って、まさかシル……!?」

『ああ、お察しの通りだ』

返事と共に、静かにドアが開けられる。

そして入ってきたシルの姿に、俺はごくりと息を呑んだ。

「頭に響いた声によると、わたしは魔人【シルバーウルフ】という存在に進化したらしい。この姿、似合っているか……？」

銀色の長い髪をいじりながら、彼女は不安げに問いかけてくる。

……正直言って、綺麗すぎてビックリした。

銀狼としての特徴を表した髪は銀糸のように美しく、不安に揺らぐ黄金の瞳は吸い込まれそうなほど麗しい。

そしてレイアよりも高めな長身はすらりとしていてスポーティで、それでいて彼女に負けないくらい女性的な部分は丸みを帯びており、目に毒だ……！

「おーいエレン、返事をしてくれ～……！　おまえのために精一杯可愛くなるよう願ったんだが、尻尾やオオカミの耳はそのまま残ってしまったみたいでな……やっぱり似合ってないか？」

「っていやいやいやいやっ、似合ってないなんてとんでもないっ！　むしろ美人すぎて固まってただけだっ！

いや……元からシルは可愛かったけど、本当に綺麗すぎてビックリしたぞ」

思わず何秒間も見とれてしまったほどだ。

銀狼としての耳や尻尾も魅力的だと思う。むしろ最高だ。

――ただ一つ、盛大に突っ込みたいところがあって……、

「それで、なんでシルは裸なんだよっ！？」

「む～？　そんなのいつものことで……って、あっ！　そういえばヒトは服を着る生き物だったなっ！」

しまったしまった～とあっけらかんと笑うシルの姿に、俺は顔を真っ赤にしてしまう。

そう……彼女は全裸だった。

月明かりが照らす中、純白の肌とたわわに実った肉の果実を惜しげもなく晒している。

しかも彼女は前を隠すことすらせず、むしろ堂々とこちらに近づいてきて――！

「エレン」

そして、いまだにベッドから動けない俺の上に跨るのだった……！

「って、シル……!?」

腰へとかかる彼女の重み。

柔らかな少女の感触と温かさが、シーツを通してじわりと伝わってくる。

――そうして混乱する俺に、シルは頬を染めながら……、

「なぁエレン。わたしは、おまえのことが好きだ」

「っ……！」

不意打ち気味の告白が、困惑する俺へと撃ち放たれた。

ああ……その一言で理解する。

俺は今、彼女によって求愛されているのだと。

「……本気か、なんて愚問だよな。そもそもシルは、俺のためにそんなに可愛い姿になってくれたわけだし。そもそもその時点で気付くべきだったな」

「うむ。最初は魔人になるべきか、それとももっと強くて恐ろしい魔物の姿になるべきか悩んだが、とある者に『女の子として生きるべきだ』と背中を押されてな。

ゆえにこうして……エレンと子供を作れる姿に、わたしは生まれ変わったぞ」

そう言って俺をまっすぐに見つめるシル。

そんな彼女の瞳を前に、俺は恥じらいつつも決して目をそらさない。

……一人の女の子が想いを伝えてくれているんだ。ここで逃げたら男じゃなくなる。

「ありがとう、シル。俺だっておまえのことが大好きだよ。

……シルに出会った時の俺は、人生に絶望して死のうとしていた。そんな俺の心を、シルたち銀狼族は温かく癒してくれたんだ。

特にどっかのリーダーさんは、ことあるごとに俺に甘えてくれたりしてな？」

「むむっ、甘えて何が悪いというのだーっ！

……エレンに出会った時のわたしは、病によって一族もろとも死のうとしていた。そんなわたしたちの運命を、エレンは必死で変えてくれたんだ。

本当に、ありがたい限りだよ。あの日からお前は、わたしにとっての愛する主人だ」

俺の手を取り、シルはゆっくりと身体を倒してきた。

全身に感じる少女の肉感。寄せられた首筋より漂う甘い香りは、彼女が本気で発情（はつじょう）している証拠だった。

「あぁ、エレン……わたしのご主人様（マスター）……っ♡」

そうして彼女は、桃色の唇を俺の口へと重ねようと近づけて――、

「……いや。今は、ここまでにしておくぞ」

と呟き、俺の頬にそっとキスを落とすのだった。

「って、シル……？」

「うぅすまないっ、別に嫌になってしまったとかそういうわけじゃないのだ！　ただ――ふと思ったのだ。アイツに一番槍を譲られた状態で、エレンと結ばれていいのかとな」

アイツというのは、シルの背中を押した子のことだろう。

うーん、俺のことをよく想ってくれてて、そのうえ恋敵（こいがたき）の悩みを晴らしてしまうような不器用で優しい子というと……、

「もしかして、サラか？」

「フッ……流石はエレン、大正解だ」

やっぱりか。

気が強そうに感じるけど、サラマンダーのサラはとっても優しくて仲間想いの子だ。シルの悩みに気付いていたのも頷ける。

もしもシルが美しい魔人としての姿ではなく恐ろしい魔物に進化する道を選んでいたら、きっとあの子は『ライバルが消えた』とほくそ笑むより、『どうして止めてあげなかったんだろう』と一生後悔していただろう。

そんな女の子なのだ、サラという子は。

「ヒトにとって『初めての夜』は大事だというだろう？　エレンのソレを譲られる形でもらってし

まうなんて、わたしのプライドが許さないっ！

ゆえにわたしは、サラが進化する時を待つことにした。そしてその上でエレンの一番になるべく戦うのだっ！」

〝あ、戦うと言っても魅了合戦でな！〟と補足するシル。

要するに、このまま据え膳を食べてしまってはサラに悪いと思ったわけか。彼女はもちろん、シルもすごく優しい子だな。

「ははっ、わかったよ。俺も精一杯応えるから、その時は二人で魅了しまくってくれ」

「うむっ。……あぁちなみに、わたしとサラだけでなく、レイアのヤツも合戦に加えてやる予定だけどな」

ってレイア!?

「お、おいっ、なんでそこでレイアの名前が出てくるんだ!?　たしかにまぁ、嫌われてはないとは思うが、彼女は別に恋愛的な意味では俺のことを見てないと思うぞ!?」

なんというかお姉さんな感じだ。いや、それを通り越してお母さんみたいなところもあるな。

ともかく、グイグイ来るシルたちとは違って一歩引いた感じがある。

「無理に巻き込んじゃダメだぞー……？」

そう注意する俺に対し、シルは「いいやダメだ」と断言した。

「実際の年齢は知らんが、見た目は若くてムカつくほどキレイなんだ。あいつもエレンで女の喜びを思い知らせてやる！」

ってぇぇーっ⁉　俺を使ってって、どう使う気だ⁉　俺のナニを使って女の喜びとやらを教える気だよ⁉

「それにだエレンよ。あいつもそこまで枯れているわけじゃないぞ？　実際、恋の匂いには敏感みたいでな……。

あの母親じみたお節介メイドめ。サラの身体から、わずかにアイツの匂いがするのを感じたぞ。おそらくアイツがサラをわたしのところに寄こしたんだろう」

「あぁ、ありそうだなぁ……」

レイアならそうするだろうと苦笑する。

彼女は本当に魔物のことが大好きだからな。

よくみんなのことを見ているようで、俺の世話をしながら「スライムのラミィさんがお水を飲みすぎて水餅（みずもち）みたいになってました」「ゴブゾーさんはゴベルグさんをライバル視しまくってるんですよ」などと、仲間たちの様子を楽しそうに話してくれる。

そんな彼女だからこそ、シルとサラが後悔する結果にならないように色々と手を回してくれた可能性は十分にあった。

ただそのあたり、シルは少し気に食わないらしい。

「まったく……これではアイツを嫉妬していたわたしが恥ずかしいじゃないか。

レイアも女だ。エレンのことを魅力的に想っているだろうに、どうして裏方に回ろうとするのか……」

「全部の魔物のお母さんだからなぁ、レイアは。たぶん自分よりも子供たちに幸せになってもらいたいんじゃないか？」

彼女にとってあらゆる魔物は大切な家族だ。きっと、そういうスタンスだからこそ一歩引いた印象を与えるのだろう。

……まぁそんな感じのせいか、側近だったゴブリーフからの想いには気付いてなかったみたいだけどな……。

「まったくっ、こうなったらレイアを裸にして無理やりエレンに押し付けてやる！　というかこすりつけてやるッッッ！　そうすればきっとアイツも自分がメスであることを思い出すだろうッ！」

「って無理やりメスの本能を引き出させようとするなっ!?」

まったく、どんな魅了合戦をやらかす気なんだか……！

全裸のままやる気マンマンになってるシルを前に、俺は顔を赤くしながら苦笑いするのだった。

17：蠢く闇

――エレンとシルが想いを告げ合っている夜。

荒れ果てた『ゴブリンの里』は、再び地獄と化していた……！

『ッギャァアアアアアアアアアアアアアアアアやめろゴブゥウウウウウウーーーーーーッ!?』

『どうしてこんなことをッ!?』

『正気に戻れゴブゥーーーッ！』

絶叫を上げながら逃げ惑うゴブリンたち。

そんな彼らの視線の先には、泣き喚きながら『宝剣』を振るう一匹の少女ゴブリンがいた。

『お、お願いだから、みんな私から逃げてゴブゥーーーーーッ！』

多くの仲間を斬り殺しながら、彼女は必死に吼え叫ぶ。

――そう。決してこの虐殺劇は、少女が望んで起こしていることではない。

全ては三日前、ゴブリンの里を半壊させた最悪の男『紫電のサングリース』の剣を拾い上げた時に始まった。

最初は〝憎い男の死体から剣を奪ってやったゴブ！〟と喜んだものだ。

サングリースを倒した張本人・エレンという人間はしばらく剣を探していたようだが、誰が渡してやるものか。

さっさと諦めてどっかに行けと、少女ゴブリンは嘲笑った。

だがしかし、その日の夜から異常事態は巻き起こる。

彼女は酷い高熱を出して寝込み、幻聴(げんちょう)すらも聞こえるようになっていったのだ。

頭の中で誰かが叫ぶ。

〝——テメェふざけんな！〟
〝——臆病で卑怯なクソ一族がッ！〟
〝——オレ様に勝った男を馬鹿にしやがったな⁉〟

脳内をかき乱す激しい怒号。

ソレが響くたびに頭痛が走り、まるで頭の中で電気が弾けているような感覚に陥っていく。

もしや拾った剣が原因なのではと思うも、身体がなぜか言うことを聞かず、少女はやむなく刃を抱きながらうなされ続けた。

かくして、剣を拾ってから三日後の夜。

少女ゴブリンの身体は勝手に動き出し、そして——、

『みん、なッ、逃げっ、ニゲ……逃げ、逃げッ、逃げ逃げにげニゲ――逃げんじゃねぇぞオラァアアアアアアアアアアアアーーーーーーーーーーッ!』


ついに彼女の身体は、『憎き男』により乗っ取られる――!

そう、脳内に電気が走るような感覚は決して間違いではなかったのだ。

それは少女ゴブリンが拾ってしまった剣『洗練剣ミステルテイン』より放たれる電流が、彼女の脳神経を焼き焦がして改変していく感覚だった。

『死ねぇえええええええッッッ! ゴミゴブリンどもォオオオッ! このサングリース様が粛清してやらァアアアアーーーーーーーッ!』

少女は……否、復活を遂げた『紫電のサングリース』は、魔力を練り上げ剣を振るう。

切っ先から放たれる絶殺の雷。それは逃げ惑うゴブリンたちを焼き払い、ゴブリンの里を再び雷火に沈めていく。

『オ、オラたちの里がまたぁ……!?』

『どうだ見たかッ、オレ様はツエーだろ!? メスゴブリンの身体になってもヤベェだろッ!? そんなっ……そんな最強なオレ様のことを、エレンは頑張ってぶっ殺したんだよッ! それなのになんなんだよオメェらは!?』

涙さえ流しながら吠え叫ぶサングリース。

彼は『洗練剣ミステルテイン』に意識を宿らせ、里に残ったゴブリンたちの薄汚い様を見ていた。

かの宝剣の能力は『魔術の精密操作性を極限まで高める』というものである。

それによって死の間際、自身の脳の電気信号パターン——すなわち魂の情報を刃に刻み、復活の時を待っていたのだ。

『剣になりながらオレ様は見てたぜッ、エレンのまっすぐな男らしい姿をッ！

命懸けで守ったオメェらから石を投げられても、アイツは逃げずに受け止め続けた！

その姿はゴブリンのリーダーだったゴベルグの魂に火を付け、多くの仲間と共に「真なる楽園」の創造を夢見て立ち上がることを選ばせたんだッ！』

グッと拳を強く握り、『男同士の友情、最高だぜッ！』とサングリースは頬を紅潮させる。

そして——里に残ることを選んだゴブリンたちをジロリと睨み、ゴミを見る目で言葉を続ける。

『あぁッ、それに比べてなんなんだよオメェらはッ!?　土の下で現状維持とか舐めてんのかボケがッ！

エレンに感化されたゴベルグも、オメェらに訴えてたじゃねぇか。〝この楽園はいつか壊れるまやかしだ〟〝そもそもヒトに見つかれば狩られる時点で、自分たちの立場はおかしいだろうが〟ってなぁ。

——それなのにオメェらときたら、エレンと一緒に人間と戦っていく道を選ばず、まーた虫みてぇに土の下で繁殖生活かぁ？　馬鹿じゃねぇのッ！』

『ゴ、ゴブゥッ……！』

怯えすくむゴブリンたちの胸に、男の言葉が突き刺さる。

……悔しいが、反論できる余地などない。ここに残ったゴブリンたちは全て、戦うことを選べなかった敗残者(はいざんしゃ)たちだからだ。

『このゴミどもが……生きる価値さえないクソどもがァアアァァァァッ……！』

そんな者たちを、『紫電のサングリース』は許さない。

里を荒らした『悪党(じぶん)』からは必死で逃げておきながら、全力で戦った『正義の味方(エレン)』に怒りも責任も全て投げつけようとした最弱のゴミどもを、決して許すわけがない――！

『よくもオレ様の勝利者を……オレ様のエレンを傷付けたなぁッ！　アイツをボコっていいのは、このオレ様だけなんだよォオオオオオオーーーーーーッ！』

ああ、かくしてその怒りが頂点に達した瞬間、最低最悪のバグが巻き起こる……！

『ッッッッ、これは……!?』

鋭い痛みがサングリースの下腹部に走る。

ゴブリンの女と化した自身の腹を見れば、そこには赤き光を放つ紋様が刻まれていたのである……！

……！

そう。

魔物となってしまった身体と、魔王に対する信仰と強い想い。

これによって、条件は満たされてしまった。

サングリースという最悪の男は、『魔の紋章』の効力を受け、エレンの配下の魔物という判定を下されてしまったのである……！

『ふはっ、なんか知らねーけど力が湧いてくるじゃやねぇか……！』

下腹部に刻まれた『眷属化の紋章』は見事に効果を発揮し、彼に【眷属強化】の恩恵を与えてしまう。

ああ――さらにバグは止まらない。

サングリースは歴戦の猛者だ。そして戦いに対して強い欲求も持っている。

これによって『魔の紋章』は、彼のことを『心からの渇望と、多くの経験値を持った魔物』と判定し……、

〝――二代目魔王エレンの眷属、ゴブリン・サングリース。アナタは進化が可能になりました。どうか自身の願う姿をイメージしてください〟

『はぇ？』

頭に響く声に、サングリースは首をかしげた。

そう、全ての条件を満たしたことで、彼は進化すら可能な身になってしまったのだ……！

かくして戸惑うこと数瞬。サングリースはニヤリと笑い、『ふぅん、なるほどねぇ……！』と呟くのだった。

『ああ、そういえばオレ様がテキトーにぶっ倒したシルバーウルフやサラマンダーにも、こんな刻印が刻まれてたなぁ。

となると、こりゃーアレか。エレンが使ってた不思議パワーが、オレ様にも流れ込んできたってことでいいのかぁ？』

これは面白いことになったと笑うサングリース。

そんな彼を前に、里のゴブリンたちが『今の内に逃げるゴブッ！』と駆け出す中、最悪の男は手を合わせて祈る。

『ハハハハハッ！　なるほどなるほどッ、今やオレ様はアイツの眷属なのか！　そんで望んだ姿にしてくれるってぇ!?

となるとぉぉぉぉぉぉ――キシシシシシシシシシッシシシシッ！』

奇怪な笑い声を出しながら、サングリースは強く強く進化後の姿をイメージする。

その瞬間に放たれる光。メスゴブリンと化した身体が、白き輝きの中でシルエットを変えていく。

手足はすらりと伸びていき、髪もまた腰まで届く長さとなり、さらに平坦な矮躯は蠱惑的な女性のものとなっていき――、

『なぁエレンサマよォッ、どうせ侍らせるんならムチムチねーちゃんのほうがいいよなぁァアアアアアアアアアッ!?』

そして光が散った瞬間、彼……あるいは彼女の姿は、褐色の肌に灰色の長髪を持った絶世の美女と化していた。

その頭部には二本の角が伸び、紫色の瞳を輝かせた様は、まさに魔的だ。

〃——おめでとうございます。アナタは魔人『ゴブリン・ダーク・エル・デルフ』に進化しました〃

サングリースの脳内に響く祝福の言葉。

それを聞きながら、男はニィイイッと裂けるように笑うのだった。

「ハッ、種族名なげーよ。略して『ダークエルフ』あたりでいいだろ。

……いやぁ、それにしても魔人の身体はすげーなぁ。男だった頃より力が湧いてくるじゃねえか……！」

豊満な乳を揉み上げ、『満足満足っ！』とサングリースは笑い続ける。

そして……、

「つーわけでぇ、今日はオレ様の復活記念だッ！　ぶっ殺させろや負け犬どもォオオオオオーーーーーッ！」

『ゴブゥウウウウウウウーーーーーーーーッ!?』

ゴブリンたちへと炸裂する、強化された紫電の雷撃。

正義の味方はもう現れない。未来なき現状維持を選んでしまった彼らを、悪の戦姫は容赦なく滅ぼしていく。

「くひひひひひひひッッッ！　本当に最高だぜぇこのカラダァッ！

さぁて。なんか知らねーが使い魔になっちまった以上、エレン様の目的に従ってやるかぁ」

数多の命を屠りながら、暗黒の魔人はかの少年に思いを馳せる。

そうだ――たしか彼はずいぶんと魔物を大事にしていた。そして、魔王を名乗っていた。

「伝承における魔王の目的といやぁ、人間どもをぶっ殺して世界を魔物で埋め尽くすことだったか。なるほどなるほどぉ――つまりエレン様の目的は大虐殺ってわけだッ！　なんだよあの兄ちゃんッ、オレ様好みの夢を持ってるじゃねえかよォオオオッ！」

――一方的に見出した解釈違いの結論。それに勝手に満足し、サングリースは笑い続ける。

「いいぜ、人間どもをぶっ殺してやるよ。そしてもちろん、アイツに従わねえようなこのクソゴブリンどももなぁ！」

かくしてこの日、里のゴブリンたちは今度こそ全滅するのだった……！

・サングリース評価

エレン↑オレ様を倒した最高の男っ♡
ゴベルグ↑根性見せたじゃねえかオメェ！
ゴブゾー↑誰だよ
ゴブゾー「……（※里の襲撃中、救助活動を行っていた）」

18：古きを訪ねて、魔王城巡り！

「――よし、ようやく動けるようになったな」


城に戻ってから四日後。やっとベッドから出られるようになった。

本当はまだ節々(ふしぶし)が痛むけど、いつまでもグダグダしているわけにはいかない。

何せ俺は『二代目魔王』だ。魔物たちが平和に生きられる場所を作ると決めた以上、頑張っていかないとな。

「さてと。リハビリがてら、みんなの様子を見に行くことにするか」

コートを羽織って部屋を出る。

――聞いた話では、シルバーウルフたちやギルド時代からの仲間の魔物たちは城内で暮らしているらしい。

この『魔城グラズヘイム』は初代魔王軍の本拠地でもあった建物だ。

様々なサイズの魔物が安心して住めるよう、大小様々な居室が内部に存在していた。

俺や仲間たちをそれをありがたく流用させてもらっているというわけだ。

「みんな、フカフカのベッドに感動している様子だったってレイアが言ってたなぁ。よかったよかった……」

特にテイマーギルドの魔物たちはずっと酷い生活を送ってきたからな。感動もひとしおだろう。

〝彼らにとって、この場所が大切な故郷になりますように〟と願いながら、俺は廊下を歩いていった。

◆　◇　◆

『あっ、エ、エレンッ！　動けるようになったの⁉』

「よぉサラ」

俺が最初に訪れたのは、サラマンダーのサラの部屋だった。

日差しのよく当たる暖かな場所だ。それに部屋の隅には砂場があったり、熱を放つ『赤鉱石』というムスプルヘイム産の魔石を用いた暖房器具があったりと、気温の高い砂漠で生まれたサラマンダーの彼女にとっては楽園のような環境となっていた。

……人間の俺にはちと暑いけどな。

「いい部屋をもらえたみたいでよかったな。ここなら冬場も寒くは、」

なさそうだ――と言おうとしたところで、

『スンスンスンスンスンスンスンスンスンスンッッッ！』

「ってうわぁっ⁉」

サラはのしのしと近づいてくるや、急に俺の身体を嗅ぎ始めた！
ってなんだなんだ⁉

『あのアホオオカミの匂いはッ……する、けど、そこまではしないわね。何よエレン……あの子のことを拒んだわけ？』

「え、あぁ……そのことについてか」

昨夜、銀髪の美少女となったシルバーウルフのシルが俺の部屋を訪れた件だな。

俺はサラの鼻先を撫で、その顛末（てんまつ）について答える。

「拒んだわけじゃないさ。俺はシルからの告白をちゃんと受け止めたし、俺もあの子に好きだと伝えた。……実際、シルが元気づけてくれなかったら、精神的にやばかったからな。本当にあの子には救われたよ」

『な、ならなんでアイツの匂いがそんなにしないのよっ⁉　その、こ、交尾はしなかったわけ⁉』

恥ずかしげに問いただしてくるサラ。

だけどごめん、朝から交尾とか叫ばないでくれ。

というかせめてもう少し別の言い方をしてくれ。ド直球すぎるから。

「ははは……たしかに交尾……じゃなくて〝そういうの〟の誘いはしてきたな。魔人になったシルの姿は本当に綺麗すぎたし、俺も断る理由なんてなかった」

『ならなんで交尾しなかったのよ……』

「だから交尾言うな」

生々しすぎるわ。

「まぁそれはともかく――途中でさ、シルが言ってきたんだよ。『譲られた勝利なんて欲しくはない。ゆえに、サラが進化する時を待つことにした』ってな」

『っ、アイツぅ……！』

その言葉に、怒ったような――しかしどこか嬉しそうな表情を浮かべるサラ。

赤い尻尾をブンブン振りながら、フンッと鼻を鳴らす。

『何よ何よ！　せっかくアタシがエレンの初めてを譲ってあげたのに、そんなアホなことを言ってやめちゃったわけ!?　本当にアイツはアホオオカミねっ！　損する性格してるわぁ！』

「そうかもな。でも、優しい子だ」

『っ……ええ、その通りねぇ』

観念したように頷くサラ。ともに、無邪気な銀狼の笑顔を想う。

『フンッ……そんなことを言われたんじゃ、さっさと魔人になってやらないと申し訳ないわね。進化したら交尾しまくってやるんだから覚悟しなさいよ、エレンッ！』

「だから交尾言うなって」

暖かな日差しが照らす中、俺たちは仲良く微笑み合うのだった。

◆◇◆

「よぉドラゴン。みんなと仲良くやってるか？」

『おぉエレンか！』

俺が次に訪れたのは、城の地下にある大闘技場だった。

そう、この『魔城グラズヘイム』には何万人でも収容できそうなほどのコロシアムがあるのだ。

初代魔王のレイア曰く、血の気の盛んな魔物たちはここで模擬戦を行って己（おのれ）を高めていたらしい。

「聞いたよドラゴン、大陸から戻ってからはずっとここで修行しているんだってな」

『うぅむ……あのサングリースという男には手ひどくやられてしまったからな』

悔しそうに唸るゴルディアス・ドラゴン。やはり、あの日のことを後悔しているようだ。

『……偉大なる竜種である我にとって、ゴブリンなどオヤツだ。腹を満たすためならば平気で食べてしまえるさ。

だがしかし……大雑把なくくりで言えば、ヤツらも魔物という名の同胞だからな。食べるわけでもない虐殺を受ける様など、もう見たくはない』

「ドラゴン……」

『ゆえに、我はもっと強くなるぞ！　そのためにも今日も「師匠」と修行だーーっ！』

そう叫びながらドラゴンはウォオオーーッとある者に突撃していき……首をガシッと掴まれて、

見事に投げ飛ばされてしまうのだった。

『ってグエーッ!?』

『グフフフ……アマいトロ！　猪突猛進はアホのやることトロ！』

闘技場に野太い笑い声が響く。

巨体のドラゴンをたやすく投げ飛ばしたのは、ギルド時代からの仲間である『トロール』のトロロだった。

「よぉトロロ。相手の力をうまく利用した、技あり一本だったぜ」

『エレン！　元気になったトロね!?』

「ああ。トロロのほうは身体は大丈夫か？」

『大丈夫トロ！　ココの寝床はキレイだしご飯もいっぱい食べれるから、最近はすっかり元気トロ〜！』

無邪気に笑うトロロ。だが、その筋骨隆々とした身体はどこもかしこも傷だらけだ。

「そっか……無理すんなよ、トロロ」

……何せ彼は元拳闘用の魔物だからな。人間たちのあいだでは魔物同士を戦わせる悪趣味な遊びも流行っており、トロロもそのために飼われている者の一体だった。

だがしかし、度重なる戦闘によって身体を故障。そうして廃棄されそうだったところを、ギルドマスターのケイズが安く買い取ったというわけだ。

まぁ、ケイズの野郎はそんなトロロに容赦なく重労働を強いてやがったけどな。地獄でせいぜい苦しみやがれ。

「にしてもトロロ。レイアからドラゴンの修行の相手をしているって聞いた時は驚いたぞ？　身体が心配なのはもちろんだけど……こういう闘技場みたいな場所にいたら、昔のことを思い出しちゃわないか？」

『アァ……ソレはあるトロねぇ。あの時はホントに嫌だったトロ。同じ魔物を殴らなきゃいけないし……でも手を抜いて試合に負けたら、観客のニンゲンどもは「賭けに負けた責任を取れ！」ってゴミを投げてくるし……』

苦々しい声色で語るトロロ。過去の辛い記憶が脳裏によみがえっているのだろう。

――しかし彼は微笑を浮かべると、へばっているドラゴンを見ながら『でも』と呟いた。

『でも……拳闘奴隷だった時に磨いた技が、「強くなりたい」って願ってる仲間の役に立つなら、ジブンはすっごく嬉しいトロ！』

「トロロ……！」

『だからエレンッ、期待して待ってるトロ！　ジブン自身はあんまり戦えないけど、このドラゴンは鍛えに鍛えて鍛えまくって、「二代目魔王軍」イチバンの戦力にしてやるトローッ！』

そう言ってトロロは、やる気いっぱいに拳を振り上げるのだった。

あぁまったく。本当に強くて優しい最高の男だよ、コイツは。

トロロならドラゴンを十分に鍛えてくれることだろう。

そう思いながら、俺は次の場所に向かうのだった。

……背後から『うぎゃーッ、もう疲れたから休ませてくれ！　エレン助けてーッ！』とドラゴンの悲鳴が聞こえた気がするが、まぁ気のせいだろう。

◆　◇　◆

「よぉハウリン、ここにいたのか」

『やぁエレンか。ひさしぶりだねぇ』

俺が次に向かったのは、城内にある図書館だ。

なんで魔王城に図書館なんて……って感じだが、なんとそれには魔人ゴブリーフが関与しているらしい。

初代魔王のレイア曰く、『ある日、ゴブリーフはこう言ったんですよ。〝いつか我らが人間に代わって星を支配するようになった時、彼らよりも知識で劣っていていいのでしょうか〟って。それで人間の街の図書館を襲撃して丸ごと本を奪ってきました！』とのこと。

……今ではほわほわメイドの彼女だが、魔王時代はかなりファンキーだったらしい。怒らせないように気を付けたほうがいいかもな。

まぁともかく、そのような経緯でこの図書館は生まれることになったわけだ。

「聞いたぞハウリン。ここ数日はずっと図書館に引きこもってるんだってな」

『あぁ、ここはまさに知識の宝庫だからね！　読んでも読んでも読み足りないよぉ～！　ぉ～！』

幸せそうに笑いながら本をめくっていく『ブラックハウンド』のハウリン。まるで御馳走を前にしているかのように表情が緩み切っている。

昔から彼女は知識欲が旺盛だったからな。本の山に好きなだけ埋もれることのできるこの場所は、ハウリンにとって天国なのだろう。

『ただやっぱり、手が肉球だとページがめくりづらくてねぇ。私も進化できるようになったら、シルバーウルフの彼女みたいにヒト型になろうかな？』

「ははっ、そんな理由で魔人になろうだなんてハウリンらしいな。

あぁそうだ。シルバーウルフといえば、前にハウリンから教わった狼系モンスターの治療薬の知識が役に立ったよ」

『おぉそうかい。そりゃ教えた甲斐があったねぇ』

そう、何げにハウリンは銀狼たちにとって救世主だったりするんだよなぁ。

彼女から薬の作り方を聞いていなければ、感染症に苦しんでいたシルたちを救うことはできなかっただろう。

「本当にありがとうな、ハウリン」

『フフ、どういたしまして。

——ならばお礼として、ご飯を口に運んでくれるかい？　あと身体も拭いてくれたまえ。そうしてキミが私の身体のお世話をしてくれている間に私は本を読んでいれば、効率よく知識を増やせるという寸法さ』

「ってお前なぁ……」

……知的でクールな彼女だが、こういう怠惰というかネジが外れているというか、そんな一面があるのが玉に瑕だ。

元来『ブラックハウンド』というのは闘争本能に溢れた猟犬モンスターのはずなんだが、ハウリンは生まれた時からこんな感じらしい。

そのため売り手が『半額セール』の値札を彼女にかけたところで、ギルドマスターのケイズが買い取ったというわけだ。

……思い返せばケチっぽいよなぁ～アイツ。それなりにデカいテイマーギルドのボスであることに加え、魔法使いってことで国から俸給をもらえてるはずなのに。

ま、そのケチ臭さのおかげでみんなと出会えたんだけどさ。

『はっはっは。ギルドにいた頃は非効率な重労働を強いられていたが、ここに来てからは毎日ハッピーだよ。

——ありがとうエレン、全てはキミに出会えたおかげさ。愛してるよ』

「……ステキなセリフをありがとうハウリン。でも、そういうことを言うんなら本から目を離して言ってくれよな？」

相変わらずな彼女の頭をクシャクシャと撫でる。

シルバーウルフたちとはまた違った、くせっ毛気味の感触が心地いい。

「そーれわしゃわしゃわしゃわしゃ〜〜〜っ！」

『こら〜やめたまえ〜っ！』

「ははは、引きこもり娘にはワシャワシャの刑だ！」

今ではモフモフ＝シルたちシルバーウルフ軍団になってしまったが、やっぱり俺にとっての元祖モフモフはコイツだよ。

「本当に、みんなと出会えてよかったよかった……」

こうして俺は、久々にギルド時代の仲間との旧交を温めたのだった。

19：（ある意味）最強ッ！　魔人ゴブゾー爆誕！

「――よかったよかった。サラもトロロもハウリンも、この城での生活に馴染(なじ)んでるみたいだな」

ほっと胸を撫で下ろしながら、豪華で綺麗な廊下を歩く。

本当にみんな幸せそうでよかったよ。

ギルド時代もどうにか魔物たちが快適に過ごせるように小屋を掃除したりしていたが、所詮できることなんてそれくらいだったからなぁ。

「よし、次はスライムのラミィの様子を見に行こうかな。たしかプール付きの部屋を用意してもらったって喜んでたっけ」

スライムなだけあって水っ気のある場所を好むからなぁ。

そのあとはゴーレム三兄弟と、アリアドネのアリィの様子を見てくれれば終わりだ。

……本当はもっといたんだけどなぁ、ギルドの仲間たち。

しかし、何年にも及ぶ過酷な生活や、俺のためにケイズに立ち向かってくれた一件で、多くの者が命を落としてしまった。

「……死んじまった仲間たちのためにも、絶対にみんなが幸せに暮らせる居場所を作らないとな」

それこそが俺にできる最大の弔いだ。全ての魔物が迫害されずに住める国家を作り出し、みんなの死が無駄じゃなかったと歴史に刻み込んでやる。

かくして俺が、決意も新たに残る仲間たちの元へ向かっていた——その時。

「おーいエレンッ！」

銀髪の美少女こと、魔人となったシルがこちらに向かって駆けてきた。

あ、ちなみに今日はちゃんと服を着ているようだ。ちょっとピッチリめで身体のラインが出まくった服だが、まぁ全裸のままうろつかれるよりは目のやり場に困らないか。

「よぉシル、その恰好(かっこう)似合ってるな」

「えっ、あぁ、ありがとう。レイアのヤツが服作りが趣味らしくてな、シュパパ〜ッと作ってくれて……って今はそんなことどうでもいい！

それよりも大変だエレンッ、ゴブリンのゴブゾーがゴベルグに決闘を挑んだぞ！」

「なっ、決闘だって!?」

そりゃまた一体どういうことだ!?

俺は心底驚きながら、シルに案内されてゴブゾーの元に向かったのだった。

◇

――ギルドの仲間たちとは違い、ゴブリンたちは森での生活を選んだ。

まぁそれも当たり前か。特に地下空間でずっとコソコソと暮らしていた『ゴブリンの里』の者たちは、日光の中で伸び伸びと暮らせる日々を望んで俺についてきてくれたんだからな。

今では城の周囲を開拓し、いくつものウッドハウスを建てて自由に暮らしていた。

「こっちだエレン」

「あ、ああ……」

立ち並んだゴブリンたちの家々を抜け、広場のような場所に躍り出る。

するとそこでは、大勢のゴブリンたちに見守られながら、ゴブゾーがゴベルグと対峙していた！

「っておいゴブゾー！　こりゃどういう状況だよ!?」

『ぬぐっ、エレンのアニキゴブか……！　ごめんだけど、引っ込んでてほしいゴブ。これはゴブリン族の問題だゴブッ！』

そう言ってキッとゴベルグを睨みつけるゴブゾー。

ゴブリンの中でもひときわちっちゃな背丈を伸ばし、拳を構える。

――しかし、ゴベルグのほうは困り気味だ。

ゴブゾーとは真逆の太い腕を組み、『う～ん』と唸っていた。

「おいゴベルグ……なんで決闘なんて挑まれてるんだ？」

『いやぁ、なんか男としてどちらが格上か決めたいそうだゴブッペ』

「え、あ～……」

そういうことか。

たしかにゴブゾーのやつ、ゴベルグに対してライバル視しているところがあったからな。

「なるほどな。ゴブゾーといえば数十体の奴隷ゴブリンを率いるリーダーで、ゴベルグのほうは数百体のゴブリンを率いる里の代表。規模は違えど指導者として、譲れないプライドがあるってわけか」

理屈はわかった。命懸けの決闘を挑む理由としては十分かもしれない。

だけどなぁ、今なのかぁ……。今はちょっとまずいかもなんだよなぁ。

――そんな俺の思いを代弁するように、ゴベルグが諭すような声色で言う。

『あー、ゴブゾーくん。キミの気持ちは十分わかったゴブッペ。そこで提案なんだが、命懸けの決闘とかじゃなくて、もう少し穏便に格付けをしないかゴブッペ……？』

『むきーッ、何言ってるんだゴブッ⁉　男の上下関係ってのは、コブシで決めてこそゴブ！　まさか怖気づいたんだゴブかー⁉』

『って違うゴブッペ。……いいか、ゴブゾーくん。群れのリーダーとなったからには、〝命の張り時〟を間違えたら駄目ゴブッペ』

『い、いのちのはりどき……？』

戸惑い気味に首を捻るゴブゾー。

よく意味がわかってなさそうな彼に、俺のほうからも補足してやる。

「なぁゴブゾー、おまえの反骨精神は立派だと思うよ。自分よりも格上の相手に全力で挑もうとする姿勢は、俺としても見習いたい」

『ぁ、アニキ……？』

「だけど、だ。今の状況を考えてみろ。もしかしたら数日後には、この森に人間たちが攻め込んでくるかもしれないんだぞ？

そんな時に命懸けの決闘をして大怪我をしてみろ。いざという時に動けないリーダーに、価値なんてないだろうが」

『んあッ!? そ、それは……!?』

驚いた表情でたじろぐゴブゾー。

そんな彼の小さな肩を優しく叩く。

「ごめんな、ゴブゾー。おまえもゴベルグも大切な仲間だ。人間に比べたら戦力に劣る今、どっちにも傷付いてほしくないんだよ」

それが、決闘を止めるもう一つの理由だ。

俺もまた魔王という名のリーダーとして、コイツの男としての意地を砕かないといけない。

「普段だったら構わないさ。だけど、今は駄目なんだ。わかってくれるか？」

『う、うぅ……』

嫌だ、とは言わないものの、やはり素直には頷きたくない様子だ。

……うーんどうしたものか。

俺自身、魔王となってから日が浅いからな。こうして種族内のトラブルを収めようなんて事態は初めてだ。

初代魔王であるレイアに頼ってみてもいいかもしれないが、彼女へおんぶにだっこになってしまっては困る。

なんとか対処できる内は、俺やトラブルの当事者たちのみで解決できるようにしなければ。

――そうして俺がゴブゾーをどう諌（いさ）めようか悩んでいると、ゴベルグが『ハァ……！』と苛立たしげに溜め息を吐いた。

『エレンの旦那にここまで心を砕かせちまって……！　おいゴブゾー、もうこの時点で男としての格は決まったようなもんゴブッぺなぁ？』

『なっ、なんだとぉー!?』

彼の言葉にブチ切れるゴブゾー。

しかしゴベルグは『黙れッ！』と一喝（いっかつ）すると、地面を拳でダンッ！　と殴った。

……小さな地響きが森にこだまする。彼が腕を上げたあとには、ぽっかりと拳型のくぼみができていた。

『ひえっ……!?』

その恐るべき威力にゴブゾーはたじろぐ。

ゴベルグのやつ、元々立派な身体付きをしているとは思ってたが、どうやら相当な実力者らしい。

流石は魔人ゴブリーフが見出した後継者なだけある。

『……ドラゴンや魔術師みたいな連中には敵わんが、オラだって腕っぷしには自信があるゴブッぺ。おまえみたいなチビガキ、数発殴ればあっという間に殺せるゴブッぺ』

『う、うぅぅ……!?』

怯えるゴブゾーに対し、ゴベルグはドシドシと近づいていく。

これは少しまずいかもしれない……！

取り返しがつかない事態が起きる前に、俺が割って入ろうとしたところで――、

『……だから、一発ゴブッぺ。どちらかが先に、一発当てたほうが男として上。それなら決闘を受けてやるゴブッぺ』

――そう言ってゴベルグは、ゴブゾーの前でファイティングポーズを取るのだった。

「って、なるほど……一発か。うん、それならいいかもしれないな」

『フッ、旦那の了解が得られたようで何よりゴブッぺ。それでどうするゴブゾー？　どうやらすでに、相当ビビッてる様子だが？』

『ッ……！』

彼の言う通り、ゴブゾーの顔は真っ青だ。

先ほどゴベルグが地面に穿った穴を見ながら、小さな身体をガクガクと震わせている。

――しかし、

『ゴ、ゴブリン族にとって、逃げるのは恥じゃぁないゴブ。だけどッ、男には逃げちゃいけない戦いがあるゴブゥウーッ！』

そう叫びながら、ゴブゾーもまたファイティングポーズでゴベルグに応える！

かくしてその瞬間、彼の小さな勇気に応えるように、腹部の『眷属の紋章』が輝き始めた――！

「うわっ!?　まさかゴブゾー、進化できるようになったのか!?」

『うぉおおおおおおおッ！　チカラが溢れてくるゴブゥーーーッ！』

やがて光はゴブゾーの全身を包み込んだ――！

その光景を前にゴベルグはもちろん周囲のゴブリンたちも驚く中、ゴブゾーは『理想の自分』を描き始める……！

『オイラは願うゴブッ！　ちっちゃな身体じゃなくて、ゴベルグの野郎にすら勝るような大きな身体をッ！　もう逃げ回る必要すらない、立派な肉体をッ！』

光の中で形を変えていくゴブゾー。

願った姿へと変える進化の祝福が、彼に力を与え続ける――！

……だが、そこで。

『ウッヒョォオオーーーッ！　リーダー、信じていたゴブーッ！』

『〃何ゴベルグさんに喧嘩売ってんだアホ〃って逃げてたオラたちだけど、逆転の気配を察知して参上ゴブーッ！』

『いっけーリーダー！』

……どこからともなく現れた十数体のゴブリンたち。

たしかゴブゾーの取り巻き軍団だったか。彼らはピカピカと光るゴブゾーを囲み、やんややんやと騒ぎ始めた。

『うぉおおおッ！　最強ゴブリンに進化ゴブよ、リーダーッ！』

『勝利したら大軍団の長に昇進ゴブッ！　そしたら元々手下だったオラたちは、幹部になっちゃうゴブかー!?』

『やったーッ！　これからはオンナにモテまくりゴブーッ！』

って何言ってんだコイツら!?　あまりにも調子がよすぎるだろ！

「な、なんてろくでもない手下たちだ……！」

ついさっきまで逃げてたそうなのに、なんて変わり身の早さだ。

好き勝手に騒ぐゴブリン軍団を前に、俺は心から呆れてしまう。

――と、その時。

光の中でトランス状態になりつつあったゴブゾーが、『オンナ』という単語を耳にした瞬間にピクリと反応した。

『お、オンナ……！　そうだゴブ……勝てば女にモテ放題の立場に……！』

『そうゴブよっ、リーダー！　ちなみにリーダーはどんな女の子が好みゴブか⁉』

『好み……うーん、髪が長くて……オラ身長がちっちゃいから相手もちっちゃめがよくて……だけどおっぱいとかはモチモチで、ニンゲンみたいに肌は真っ白で目はパッチリで……グへへへへ……！』

って大事な進化の時に何言ってんだよゴブゾーッ⁉

「おい集中しろゴブゾー！　今は進化中だぞ！？　進化後の理想の姿をイメージしないといけない時に……って、あっ」

――おいおいおいおいおい待て待て待て待て⁉

そうだよ、進化の時は理想の姿を思い描かないとダメなんじゃないか！

あぁ、そんな時に、理想の女の子なんてイメージしたら……！

『うぉおおおおおおおおおおおッ、オイラ興奮してきたゴブゥーーーーーーッ！』

森へと響くゴブゾーの咆哮。

かくして、彼の妄想(イメージ)が最大限まで膨れ上がった瞬間、光がパァァァァアンッと砕けるように弾け――、

「オイラ頑張るゴブよーっ！　男としての格付けに勝って、女たちにモテモテにッ――って、あれ……？」

『『うっわぁぁあああ……』』

……光が散った瞬間、俺やシルを含めた全ての者たちが哀れみとドン引きの声を上げた。

なぜならゴブゾーの姿が、緑色の長い髪に身長ちっちゃめなのにおっぱいとかがモチモチで真っ白な肌で目もパッチリな、『理想の女の子』の姿になっていたからだ……ッ！（しかも全裸！）

「えっ、えっ、みんなどうしたんだゴブか――って、なんじゃこりゃぁあああああああああああああーーーーーッ!?」

一拍遅れてようやく事態に気付くゴブゾー。

股に手を当てて「オイラのオイラが消えてるゴブゥウウウウウウッ!?」と血を吐くような絶叫を上げる。

「ぁっ、アニキ助けてぇーっ！」

「ってうわぁっ、やめろゴブゾーッ!?　その姿で縋(すが)り付いてくるなっ!?」

全裸で抱きついてくる（元）弟分を引きはがす！

あーもう、これどうするんだよ！

決闘を止めようって話だったのに、なんでこんなことになってるんだ!?

「うぅっ、ぐすっ……オイラのオイラがオマタになっちゃったゴブゥ……！　なぁエレンのアニキぃっ、アニキは『全ての魔物を幸せにする』って誓ったゴブよねぇ!?　オイラのチンコも助けてくれゴブゥッ！」

「いや、その誓いは決してチンコ生やすって意味じゃねーから」

すまないがお前の股間については完全に救済対象外だ。

俺は自分の上着をそっと彼……もとい彼女に羽織らせ、肩を優しく撫でてやる。

「うぇええええええええええんっアニキィイイーーーーッ！」

「だから全裸で抱きついてくるなぁーっ!?」


――こうして俺の魔王としての初の内政問題『どちらが男として格上か決める事件』は、片方がロリになったことで片付いたのだった……！

って馬鹿じゃねーの!?

20：男を取り戻せッ、ゴブゾー！

「チンコ欲しいゴブーっ！」

「その姿でチンコ欲しい言うな」

——衝撃のゴブゾー性転換事件から数時間後。

俺はグズグズと泣く彼……もとい彼女に袖の端を掴まれながら、城内にある『魔宝具保管庫』に向かっていた。

俺の『黒曜剣』なんかも納められていた場所だ。

もしかしたらゴブゾーの状態をなんとかする魔宝具もあるかもしれないと思ってな（※ぶっちゃけないと思っているが）。

ちなみにゴブゾーの今の恰好は、レイアの予備用だというブカブカのメイド服だ。それを着せられた時のゴブゾーの目は本当に死んだ魚のようだった。

「まぁ元気出せよゴブゾー、そのうちいいことあるって。俺だって人間の社会に居場所をなくして飛び出したけど、なんだかんだでなんとかなってるんだからさ」

「えっ、チンコなくしてもなんとかなるゴブか!?」

「それは……スマン、どうにもならないかもしれない」

「ゴブゥウウウーーーッ!?」

再びワンワンと泣き出してしまうゴブゾー。

ってしまった、言葉選びを間違えちまったな……。

今までたくさんの傷付いた魔物たちを慰めてきたが、コイツのようにおもしろ馬鹿すぎる理由で美少女になってメンタルブレイクしてるヤツは初めてだからなぁ……。

「うぅむ。魔王たる者、大ポカをしてアソコが消し飛んだアホの子も慰められるようにならないとな……」

「アホの子ッ!?　今オイラのこと、アホの子って言ったゴブかっ!?」

「実際アホだろ」

――そうしてゴブゾーとわちゃわちゃしながら歩くこと数分。

俺たちは、魔王城の地下深くにある『魔宝具保管庫』にたどり着いた。

「ふぅ。迷路みたいに通路が枝分かれしてて、少し時間がかかっちまったな。レイアから地図をもらってなかったら迷ってたかも……」

まぁそれも仕方がないか。ここには希少な魔宝具がいくつも納められているんだからな。侵入者対策としてあえて経路を複雑にしたのだろう。

その重厚な扉の前には、すでにレイアが待っていた。

「お待ちしておりましたよ、エレン様。さっそく中へとまいりましょう」

「あぁ、ごめんなレイア。道を確認しながら歩いてたのと、何よりゴブゾーに服を着せるのに手間取っちまってな……」

「ゴブゥ～……！」

そう。ちょこちょこ縛らないといけない箇所があるメイド服を着ることになったゴブゾーだが、今までほとんど全裸で過ごしたきたため、当然ながら一人で着れるわけがない。

そこでレイアが（ゴブゾーのアホ進化にびっくりしながら）手伝ってあげようとしたのだが、『オイラは男ゴブッ！　アネゴに着せられるなんて恥ずかしいゴブゥー！』とゴブゾーがぐずったため、仕方なく不慣れな俺が着せていたわけだ。

「あはは……それにしてもゴブゾーさん、本当に可愛らしいお姿になってしまいましたね。どう見ても美少女です。

これ、サラマンダーのサラさんが知ったらすごく怒りそうですよね。『なんでアンタが先に魔人になってるのよっ！』って」

「ひえっ、とばっちりゴブゥ！　オイラは悪くないゴブーッ！」

「いやぁ～……こうなった経緯を聞くに、進化途中で好みの女の子を妄想したゴブゾーさんも悪いかと……」

「そんなーっ!?」

レイアにも涙目にされるゴブゾー。しばらく方々(ほうぼう)からいじられることになるだろう。

今後、この弟分――もとい妹分に幸福あれと願いながら、俺は宝物庫へと入っていった。

「チンコどこゴブかッ！」

「ってうるせぇよ！」

……相変わらず錯乱中のゴブゾーを黙らせつつ、俺はレイアに先導されて『魔宝具保管庫』に入り込んだ。

一見すれば薄暗い倉庫って感じの場所だ。

しかし、どことなく精神をざわつかせるような嫌な気配が漂っていた。

「……『黒曜剣グラム』をもらうために一度入ったことがあるが、相変わらずこの雰囲気には慣れないなぁ……」

「かつては数多くの魔宝具を納めていた場所ですからね。そしてもちろん、ここに収納されていた魔宝具のほとんどは『殺人』を目的として造られたものでした。それゆえ、殺意の名残が残っているんですよ」

ああ、物知りなハウリンから聞いたことがあるな。

魔鉱石から成る古代のアイテム――『魔宝具』は、魔物たちの進化と同じく、作成時に願われた内容によって効果を変える。

つまりは殺意を込めれば込めるほど、その能力は虐殺に特化したものになるわけだ。

——だがしかし、そうやって人殺しを目的として作成された魔宝具は、逆に使い手の精神を殺意や狂気で蝕(むしば)んでしまうこともあるとか。

「怖いよなぁ、武器に心を支配されることがあるかもなんて。……なぁレイア、魔王軍の中にも魔宝具に精神を冒されちまったヤツっていたのか？」

「……ええ、いましたよ。ニンゲン憎しといくつもの戦闘用魔宝具を抱え込んで戦って、最期は理性を失ってしまった子が何人も。

ゆえにエレン様。アナタもどうか、複数の戦闘用魔宝具は使わないようご注意を」

「ん……わかった、覚えておくよ」

レイアの言葉に頷く俺だが、『絶対にしない』とは言い切れなかった。

何せこちらは戦力に乏しい。もしも一つの国が全力で攻め込んでくる事態になったら、虫けらのように蹴散らされてしまうだろう。

——だが、俺は魔王だ。いざという時は命を張ってみんなを守る義務がある。

たとえ、精神を蝕まれるような無茶をやらかすことになったとしてもな。

「……レイア。おまえも含めて、みんな俺が守るからな」

「っ、ずるいですよエレン様……！　そういう、女の子的に止めづらくなるセリフは言わないでくださいっ！　とにかく戦闘用魔宝具の多用は禁止ですからね⁉」

頬を赤くしたレイアに怒られてしまう。

まぁわかってるさ。無茶をするのは本当にどうしようもなくなった時だけだ。

俺だって、みんなと笑顔で過ごしていきたいからな。

「うしっ、それじゃあゴブゾーのチ……じゃなくてアレをどうにかする魔宝具を探すか。まぁ、ぶっちゃけないと思っているが」

「ええ、正直わたくしも同感ですね。今日ここにゴブゾーさんを招き入れたのは、実際に解決法がないのを認識してもらって現実を受け入れてもらうためだったりするんですよね」

「ゴブーーーッ⁉　そっ、そんなぁーーーーーーー⁉」

ショックでその場に崩れ落ちてしまうゴブゾー（はたから見たら涙目で震えているチビロリ巨乳美少女）。

俺はそんな彼（？）の肩を、優しくポンと叩くのだった。

「よしよしゴブゾー。――じゃ、せっかくだから俺はみんながバトルで使えそうな魔宝具でもあさってくるぜ！」

「って酷いゴブよアニキィ⁉　もっと慰めてくれてもー⁉」

「いや、もうすぐ人間たちが侵入してくるかもなんだから仕方ないだろ。戦いの準備も魔王の仕事だからなぁ」

そう言うと、ゴブゾーは号泣しながら「オイラのチンコと仕事ッ、どっちが大事なんだゴブか⁉」と叫ぶのだった。

仕事に決まってんだろうが。

21：魔物少女たちの日々！

――エレンとレイアがゴブゾーに構っていたその頃。

魔王城の庭に設置されたテラスにて、魔物の少女たちのお茶会が行われていた。

彼女たちの共通点はもちろん、『エレンのことが好きすぎる』という点である。

「――くっ……まさか進化には、オスがメスになるチカラもあるとは。これは今後、男連中もライバルになるやもしれぬな」

そう唸ったのは先日『魔人化』に成功したばかりのシルだ。

先んじて銀髪美女になったことでエレンを誘惑することも可能になった彼女だが、恋敵であるサラのことを思ってあえてストップ。

彼女が同じく魔人化するまで、本格的な誘惑はしないと決めたのだった。

――そして、そのサラはというと……。

『キッ、キッ、キィイイイイイイイイイイーーーーーーーーーーーーーーーーーーーーーーッ！！！　なんなのよなんなのよなんなのよぉおおおおーーーーっ!?

なんで私がどんなに願っても進化できないのに、あのゴブリンのクソガキが進化してんのよッ！

意味わかんないんですけどぉーーーーっ！！！』

……口からボォボォと火を吹きながら、荒れ狂っていた！

それも仕方がないだろう。美人になったシルを見て『次は自分が！』と意気込んでいたのに、まったく予想外の方向から願いを叶えた者が現れたのだから。

しかも当のゴブゾー本人は「こんなカラダ嫌ゴブーッ！」と拒否っている始末。

その結果、レイアの予想通り見事にキレ散らかすことになったのだった。

『うぅぅぅぅううっ、ぐやしいよぉおおお……ッ！』

「よしよし……」

ついには泣き出してしまうサラの背中を、シルは優しく撫でるのであった。

——そんな彼女たちに対し、『仲良しさんだね～！』『仲良しだねぇ』と言う者が二人。

『ちょっ、ラミィにハウリン⁉　別にこんなヤツと仲良くなんてないんだからね⁉』

『『どうだかねぇ～』』

慌てて否定するサラに、スライムのラミィとブラックハウンドのハウリンはニヤニヤとした笑みを浮かべるのだった。

『友達が出来たってことでいーじゃんいーじゃん！　実はラミィ、新しい恋敵（ライバル）のシルちゃんのこと警戒してたけど、めちゃくちゃイイ子だし今は認めてるよっ！』

『ラミィと同感だね。私も最初はオオカミ系の魔物としてキャラ被（かぶ）りしないか少し気にしていたが、インドア派の私に対してシルは根っからのアウトドア派みたいだからね。安心したよ』

『いや～、それはハウちゃんがおかしいだけだと思うよ……？　引きこもりのブラックハウンドなんて他にいないって』

『むっ、オンリーワンということかッ！』

『違うから』

天然ボケしたハウリンの言葉をスパッと否定するラミィ。

劣悪なテイマーギルドで何年も共に過ごしてきた者たち同士、かけ合いはある意味完璧であった。

「仲いいなぁ～」

そんな二人を見てほのぼのと微笑むシル。

こうして、魔物少女たちの午後のお茶会はなごやかに過ぎていくのだった。

◆　◇　◆

「――というわけでっ！　よろしくお願いするぞっ、せんせー！」

「はいっ、よろしくお願いされちゃいますねっ？」

お茶会のあとのこと。シルはレイアと共に、魔王城の厨房(ちゅうぼう)に立っていた。

というのも、魔物少女たちのお茶会にて『手料理』の話題が上がったのだ。

ハウリン曰く、『ニンゲンのオスに好かれるには、旨い料理で胃袋を掴むのが一番』とのこと。

ならばそれを実践してみようというわけだ。

「ふっふっふ……今やわたしも二本足の魔人。オオカミだった頃と違い、包丁を握れるようになったわけだ。絶対にウマい料理を作れるようになって、エレンの一番のつがいになってやるぞっ！」

エプロンを纏いながら燃え上がるシル。

そのような経緯があり、元魔王であり家事も炊事も得意なレイアに師事することになったのだった。

「では手始めに、栄養も取れてお肉も美味しい野菜炒めから作ってみましょう！」

「おーっ！」

さっそく料理を始めるレイアとシル。

――だがしかし。

「ギャーッ指切ったーーーっ!?」

「だ、大丈夫ですかシルさん!?」

「ギャーッ火傷したーーーっ!?」

「ってシルさーーーんっ!?」

「塩と砂糖間違えたーーーーっ！」

「えええええええええ!?」

切る・焼く・味付け。全ての項目で大失敗ッ！

最終的にボロボロになったシルの目の前には、焦げてたり生だったりしょっぱかったり甘かったりさらにはちょっと血の味までする、名状しがたい野菜炒めが鎮座(ちんざ)することになったのだった。

「う、うぅぅうう……まさかここまで料理が難しいとは……」

「あはは……仕方ないですよ。シルさんはヒト型になったばかりなんですから、まだ感覚的に慣れないところはありますって」

涙目のイヌ耳少女をレイアは優しくフォローする。

――たしかに結果こそ残念だったが、それでも一人の男性を想って慣れない料理に励むシルの姿は、とても真摯(しんし)なものだった。

「大丈夫ですよシルさん。その調子で経験を積んでいけば、いつか絶対にエレン様を唸らせるほどのお料理が作れますって」

「っ、そうだな……！　ちょっと失敗したくらいでへこたれないぞっ！」

涙を拭って前を向くシル。

THE WOLF

……とそこで、彼女は気が付いた。『そういえばこの目の前にある名状しがたい物体、どう処理したものか』と。

「う、うーん、捨てるのももったいないしなぁ。一応、食べれそうではあるし……。なぁレイアせんせー、どうしたらいいだろうか？」

「あー……エレン様はお優しい人ですから、このまま出しても美味しいって言って食べてくれそうですけどね。でも流石に、病み上がりの身に失敗作を食べさせるわけにはいきませんし……あっ、そうだ」

ポンと手を叩くレイア。

彼女は思いついたのだ。こういう時の適材がいるじゃないか、と。

――そんなわけで。

『うーんっウマイウマイ！！！　なんかよくわからんけどウマイではないか！』

名状しがたい野菜炒めをペロリと平らげてしまう黄金竜。

――そう、大食漢（たいしょくかん）で味覚も大雑把なゴルディアス・ドラゴンなら問題なく食べてくれるんじゃないかと差し出してみたところ、見事に処理してくれたのだった。

その様子を見て、シルとレイアは「わぁっ！」と歓声を上げる。

「あーよかったよかった！　これならどれだけ失敗しても大丈夫だな！」

「ええっ、食材を捨てなくても済みますもんね！　ドラゴンさん、ナイスですっ！」

『むっ!?　なんだか知らんがご飯がもらえたうえにほめられたぞッ！　嬉しいぞッ！』

喜ぶ少女たちを前にゴルディアス・ドラゴンも上機嫌だ。

……実際は残飯（ざんぱん）処理係という役目を押し付けられているのだが、それに気付くことなく食事にありつけるため、彼女が一番ハッピーな結果に終わったのだった。

22：新たな力と、向き合い方と

「さぁっ、もっとこいゴブリンズ！」

『うぉりゃぁゴブーッ！』


動けるようになってから一日。

俺は木刀を手に、棍棒を持ったゴブリンたち（※リーダーであるゴブゾーをメスにした取り巻き軍団）と打ち合っていた。

本当はまだだるさが残っているが、いつまでもダラダラとしていられる状況じゃないからな。

人間たちが俺たちに干渉してくる前に、少しでも実力を上げておかなければ。

「せいっ、はぁッ！」

四方八方から襲いかかってくるゴブリンたちの攻撃を避け、一体一体打ち払っていく。

——棍棒の軌道がよく見える。死角からの攻撃も空気の揺らぎでわかる！

「そこだッ！」

『ゴブーッ!?』

そうして一閃。俺は数体のゴブリンを一撃の下に弾き飛ばし、模擬戦に勝利するのだった。

「ふぅ。付き合ってくれてありがとうな。怪我はないか、みんな？」

『平気っすゴブーッ！　……にしても流石に魔王様はお強いゴブねぇ。こりゃぁ嫁に行ったゴブゾーリーダーも安泰ゴブね』

「嫁にしてねーよ馬鹿」

アホなことを言った取り巻きAにデコピンを食らわせて黙らせる。

……にしても、自分でも首を捻ってしまうような強さだ。

今の俺は身体強化の魔宝具『黒曜剣グラム』を手にしていない。

だというのに、なぜか寝込む前より身体が動き、動体視力なども明らかに上昇していた。

「……こう言っちゃなんだが、『紫電のサングリース』との戦いを経験したおかげなのかな……」

この手で殺した憎き男を思い出す。

ヤツとの戦いで、俺は限界を超えた動きをし続けた。

それによって筋肉のリミッターが一段階外れ、動体視力などもまた超高速の戦闘を経験したことで進化を遂げたというわけか。

「……最低最悪の野郎だったが、俺を強くしてくれたことだけは感謝してもいいかもな。それにヤツとの戦いで目覚めた力、【異能共有能力（スキル）】。こっちはもう意味がわからないほど強力だしな」

俺は拳を握り締め、あの時の感覚を思い出しながら呟く。

「借りるぞトロロ。異能（スキル）発動、【怪力】」

そして、側にあった木に無造作に拳を叩きつける。

ただそれだけで、バキバキミシィイイイイイイーーーーーーッという音を立て、木は見事にへし折れてしまったのだった。

『ひっ、ひぇえええええッ!?　やばいゴブッ、舐めたこと言ったら殺されるゴブーッ!?』

その光景に悲鳴を上げる取り巻きゴブリンズ。って殺さないから安心しろって。

「たしかゴベルグが『木材が欲しい』って言ってただろ。アイツのこと呼んできてくれないか？」

『ハイッ、了解っすゴブゥーーーーーーッ！』

……いつものふざけた態度はどこへやら。

俺の一言に、ゴブゾーの取り巻き軍団はキビキビと駆けていくのだった。

「うーん……力による支配なんて望んじゃいないが、アイツらに関してだけはたまに威厳を示しておいたほうがいいかもな」

ゴブゾーもずいぶんと変なやつらから慕われたものだ。

ちなみに当のアイツはというと、「取り巻きどもがエッチな目で見てくるゴブゥッ！」と今朝から引きこもっている模様。かわいそうに……。

「まぁゴブゾー（元ガキ大将・現ロリ巨乳チビ美少女）と取り巻き軍団の関係はまた気が向いたら解決するとして……」

それよりも、考えなきゃいけないのはこれからの方針だ。

「各地を回って仲間を増やす――ってのは当然変わらない。だけどなぁ……俺が【異能共有能力】

に目覚めたことで、なぁ……」

そう——この能力はまさに万能だ。

そして万能ということは、『一人』でなんでもできてしまうということだ。

「……サングリースとの戦いで、シルもサラも危うく死ぬところだった。これからも敵地にみんなを連れていけば、傷付くことがあるかもしれない。だけど、今の俺なら……」

一人でも大概の敵に対処できる。それゆえに、一人で各地を渡り歩くという選択肢ができてしまったのだ。

当然、どんな危険があるかわかったものではないが……。

「でもそれで、仲間たちが傷付かずに済むなら——」

俺がそう呟いた——その時。

「ダメだぞエレン、そんなことを考えちゃ」

ふわり、と。後ろから俺を抱き締める者がいた。

「っ、シル……いつのまに……!?」

「ふふふ、ほれ見たことか。どれだけ強くなろうが、考え中は誰もが無防備になるだろう。だが敵地で考えなしに動き続ければ、その末路は言うまでもない。ゆえにこそ……一人になっちゃ、ダメなのだ」

回された手の締め付けが、すがるように強くなった。

元銀狼の少女は俺の背中に頭をぐりぐりと押し付け、唸るように呟く。

「……ごめんな、エレン。わたしとサラが死にかけたばかりに、そんな考えを抱かせてしまって……っ」

「シル……いや、こっちこそごめんな。おまえやサラはもちろん、みんなに傷付いてほしくないって思いばっかり募って、変なことを考えちゃってさ……」

「う～っ、エレン～……！」

涙声で擦りついてくる彼女を背に、俺は本当にしまったと心底思った。

みんなのことを考えるのはいい。だけど、どんな力を手に入れたとしても、みんなの手を借りないなんて選択だけはしちゃダメだ。

それは結局シルのように、みんなを悲しませることになってしまう。

「本当にごめんな……」

「いや、いいのだ。このままではエレンの足を引っ張ってしまうかもしれないのは事実だからな。

――ゆえにっ、わたしも強くなるぞッ！　さぁエレンッ、今度はわたしと模擬戦しよう！」

「シル……ああっ、オッケーだっ！」

離れて構えを取るシルに、俺も力強く頷いた。

あぁまったく。本当にこの子には元気づけられるなぁチクショウ！

「はぁ、やっぱりおまえには敵わないよ」

「むっ、どうしたエレン⁉　まだ戦ってもいないのに諦めるのか⁉」

「ってそういう意味じゃないっつの！　さぁ、いくぞーっ！」

拳を構えるシルに向かい、俺は勢いよく駆けていったのだった——！

エピローグ：そして、次なる戦いへ

——エレンたちが騒がしくも陽気に過ごしていた頃。

銀狼の森の近隣にあるペインター領は、荒れに荒れていた。

「出てこい無能領主ッ！　森の異変はいつ収まるんだーっ！」

「近くに住んでて健康被害はないの!?」

「なんとか言えー！」

領主邸の前で怒号を上げる民衆たち。

それも当然のことだ。近くの森から魂を汚す毒素『瘴気』が大量発生してしまったのに、領主であるポルン・ペインターからはなんの説明もないのだから。

——だがしかし、叫びたいのはポルンのほうだった。

「う、ぅううう……ッ！」

人々の罵声が響く中、執務室にて頭を抱えて呻くポルン。

本当に、どうしてこんなことになってしまったんだろうかと思い悩む。

「くそっ……うるさい民衆たちめ。これ以上、私にどうしろというのだ！」

ストレスによって痛む腹を押さえながら、ポルンは机をダンッと叩いた。

彼とてやれることはやったのだ。

まずは王都まで救援要請を出し、事件の調査を行うために宮廷魔術師の派遣を願った。

その後は民衆たちに落ち着くよう喧伝(けんでん)して回ったし、魔物を操ることのできるテイマーギルドの者たちにも治安維持を要請した。

そうして、しばらくはトラブルもなくどうにか日常を保ってきたのだが……。

「はぁ……流石に一週間ほども異変が続けば、民衆も不安になるか……」

何せ瘴気は猛毒だ。長時間浴びた者は、魂が腐って悶えながら死に果てるという。

何キロか先でそんな危険な毒素が湧き上がり続けていたら、誰だって不安にもなるだろう。

ああ、人命を考えたら、土地を捨てて民衆を避難させることこそが最適解かもしれないが——しかし。

「……一度でもそんなことをしたら、二度と誰もこの地には住みつかなくなってしまう。そうなれば、私は貴族としておしまいだ……っ！」

——そう。貴族という特権階級に対する執着が、ポルンに避難命令を出す選択を阻ませていた。

要するに完全なる私欲である。

「うぅ……ある日突然、急に瘴気が収まったりしてくれないだろうか……」

人々の怒号が響く中、都合のいい未来を思い描くポルン。

執務室の机にしがみつくように突っ伏す。


と、その時だった。

ノックもなく執務室の扉が開けられ……、

「――やれやれ。下民のコントロールもできんとは、見下げ果てた領主がいたものだ」


侮蔑の声と共に、彼はポルンの前へと現れた。

その青年の姿を見た瞬間、ポルンはビクッッッと背筋を震わせ、全身から冷や汗をブチ撒ける
……！

「あっ、あなっ、アナタは、えっ、なぜ!?」

ビクビクと怯えながら問いかけるポルン。

そんな彼に、青年は金色の髪をかき上げながらフンッと鼻で笑った。

「何を言うか。救援要請を出したのは貴殿だろうが？　だからこそ来てやったのだよ。

――このニダヴェリール王国の宮廷魔術師にして、第一王子であるスクルドがなッ！」

ペインターの地に響く、貴き者の覇気ある一声。
かくして新たな強敵の魔の手が、魔王エレンへと伸びようとしていた――！

あとがき

美少女作者こうりーーーーんっ！

はじめましての方ははじめまして、馬路まんじです！！！

顔出し声出しでバーチャル美少女ツイッタラーをしてるので検索してね！　@mazomanzi　↑これわれのツイッターアカウントです！　いえい！！！！

同時期に出した作品と同じくもはやあとがきを書いてる時間もないので、とにかく走り書きでいっぱいビックリマークを使って文字数を埋めていきますッッッッ！！！！！　というかだいたいコピペです！！！！！！！

ページ埋め
おらぁあああああ！

『黒天の魔王』、いかがだったでしょうか！！！？

魔物に愛されボーイが魔物にちやほやされながらモフナデしていく感じの話です！！！！！！！！

売り上げがよければこれからも続けていくことになりましたのでぜひぜひみんなに宣伝を！！！！

ツイッターに感想上げれば探しに行きます！

おっぱい見せるのでネット掲示板とかで宣伝してください！

(;ω;)

そしてそしてWEB版を読んでいた上に書籍版も買ってくださった方、本当にありがとうございます！！！！！！　今まで存在も知らなかったけど表紙やタイトルに惹かれてたまたま買ってくれたという方、あなたたちは運命の人たちです！！！　ツイッターでJカップ猫耳メイド系バーチャル美少女をやってるので、購入した本の画像を上げてくださったら「弟くんっ？」と言ってあげます！！！！！！！！　美少女爆乳メイドお姉ちゃん交換チケットとして『黒天の魔王』を友達や家族や知人や近所の小学生やネット上のよくわからないスレの人たちにぜひぜひぜひぜひオススメしてあげてください！！！！！！！　よろしくお願いします！！！！　ツイッターに上げてくれたら反応するよ！！！

そして今回もッ！　この場を借りて、ツイッターにてわたしにイラストのプレゼントやア○ゾン欲しいものリスト（死ぬ前に食いたいものリスト）より食糧支援をしてくださった方々にお礼を言いたいです！！！！！

高千穂絵麻（たかてぃ）さま、皇夏奈ちゃん、磊（こいし）なぎちゃん（ローションくれた）、おののきももやすさま、まさみゃ～さん、破談の男さん（乳首ローターくれたり定期的に貢いでくれる……！）、たわしの人雛田黒さん、ぽんきちさん、無限堂ハルノさん、明太子まみれ先生（イラストどちゃんこくれた！）、がふ先生、イワチグ先生、ふにゃこ（ポアンポアン）先生、朝霧陽月さん、セレニィちゃん、リオン書店員さん、さんますさん、Harukaさん、黒毛和牛さん、るぷす笹さん、味醂味林檎さん、不良将校さん、‡?·8さん、走れ害悪の地雷源さん（人生ではじめてクリスマスプレゼントくれた……！）、ノベリスト鬼雨さん、パス公ちゃん！（イラストどちゃんこくれた!)、ハイレンさん、蘿蔔だりあさん、そきんさん、織侍紗ちゃん(こしひかり8kgくれた)、狐瓜和花。さん(人生で最初にファンアートくれた人!)、鐘成さん、手嶋柊。さん(イラストどちゃん+ガンダムバルバトスくれた!)、りすくちゃん(現金くれた!)、いづみ上総さん(現金くれた!)、蒼弐彩ちゃん(現金くれた!!!!)、ナイカナ・シュタンガシャンナちゃん(現金くれた!!!)、エルフの森のふぁる村長(エルフ系Vtuber、現金くれたセフレ!)、なつきちゃん(現金とか色々貢いでくれた!!!!!)、ベリーナイスメルさん、ニコネコちゃん(チ〇コのイラスト送ってきた)、瀬口恭介くん(チ〇コのイラスト送ってきた)、矢護えるさん(クソみてぇな旗くれた)、王海みずちさん(クソみてぇな旗くれた)、中卯月ちゃん(クソみてぇな旗くれた)、ASTERさん、グリモア猟兵と化したランケさん(プロテインとトレーニング器具送ってきた)、かへんてーこーさん(ピンクローターとコイルくれた)、お拓さんちの高城さん、コユウダラさん(われが殴られてるイラストくれた)、方言音声サークル・なないろ小町さま(えちえちCD出してます)、飴谷きなこさま、気紛屋進士さん、奥山河川センセェ(いつかわれのイラストレーターになる人!)、ふーみんさん、ちびだいずちゃん(仮面ライダー変身アイテムくれた)、紅月潦さん、虚陽炎さん、ガミオ/ミオ姫さん、本屋の猫ちゃん、秦明さん、ANZさん、tetraさん、まとめななちゃん(作家系Vtuber! なろう民突撃じゃ!)、T-REX@木村竜史さま、無気力ウツロさま(牛丼いっぱい!!!)、雨宮みくるちゃん、猫田@にゃぷしぃまんさん、ドルフロ・艦これを始めた北極狐さま、大豆の木っ端軍師、かみやんさん、神望喜利彦山人どの、あらにわ(新庭紺)さま、雛風さん、浜田カヅエさん、綾部ヨシアキさん、玉露さん(書籍情報画像を作成してくれた！）、幽焼けさん（YouTube レビュアー。われの書籍紹介動画を作ってくれた！　みんな検索ぅ！）、レフィ・ライトちゃん、あひるちゃん（マイクロメイドビキニくれた）、猫乱次郎（われが死んでるイラストとか卵産んでるイラストとかくれた）、つっきーちゃん！（鼻詰まり）、一ノ瀬瑠奈ちゃん！、かつさん！、赤城雄蔵さん！、大道俊徳さん（墓に供える飯と酒くれた）、ドブロッキィ先生（われにチンポ生えてるイラストくれた）、葵・悠陽ちゃん、かなたちゃん（なんもくれてないけど載せてほしいって言ってたから載せた）、イルカのカイルちゃん（なんもくれてないけど載せてほしいって言ってたから載せた）、みなはらつかさちゃん（インコ）、なごちゃん、diaちゃん、このたろーちゃん、颯華ちゃん、谷瓜丸くん、武雅さま、ゆっくり生きるちゃん、秋野霞音ちゃん、逢坂蒼ちゃん、廃おじさん（愛くれた）、ラナ・ケナー4歳くん、朝倉ぷらすちゃん（パワポでわれを作ってきた彼女持ち）、あきらーめんさん（ご出産おめでとうございます！）、そうたそくん！、透明ちゃん、貼りマグロちゃん、荒谷生命科学研究所さま、西守アジサイさま、上ケ見さわちゃん（義妹の宣伝メイド！　よく曲作ってくれる！　キスしたら金くれた！！！）、シエルちゃん、主露さん、零切唯衣くんちゃん、豚足ちゃん、はなむけちゃん（アヒルくれた）、藤巻健介さん、Ｓｓｇ．蒼野さん、電誅萬刃さん！、水谷輝人さん！、あきなかつきみさん、まゆみちゃん（一万円以上の肉くれた）、中の人ちゃん！、hake さん！、あおにちゃん（暗黒デュエリスト集団『五大老』の幹部、恐怖によって遊戯王デュエルリンクス界を支配している）、八神ちゃん、22世紀のスキッツォイドマンちゃん、マッチ棒ちゃん〜！、ｋｔ60さん（！？）、珍さん！、晩花作子さん！、能登川メイちゃん（犬の餌おくってきた）、きをちゃん、天元ちゃん、の

@ちゃん（ゲーム：シルヴァリオサーガ大好き仲間！）、ひなびちゃん、dokumuさん、マリィちゃんのマリモちゃん、伺見聞士さん、本和歌ちゃん、柳瀬彰さん、田辺ユカイちゃん、まさみティー/里井ぐれもちゃん（オーバーラップの後輩じゃぁ！）、常陸之介寛浩先生（オーバーラップの先輩じゃぁ！(;;ω;;)）ゴキブリのフレンズちゃん（われがアヘ顔Wピースしてるスマブラのステージ作ってきた）、いるちゃん、腐った豆腐！幻夜んんちゃん、歌華@梅村ちゃん（風俗で働いてるわれのイラストくれた）、三島由貴彦（姉弟でわれのイラスト書いてきた）、白夜いくとちゃん、言葉遊人さん、教祖ちゃん、可換環さん（われの音楽作ってきた）、佳穂一二三先生！、しののめちゃん、闇音やみしゃん（われが●イズリしようとするイラストくれた）、suwa狐さん！、朝凪周さん、ガッチャさん、結城彩咲ちゃん、amyちゃん、ブウ公式さん！、安房桜梢さん、ふきちゃん！、ちじんちゃん、シロノクマちゃん、亜悠さん（幼少の娘にわれの名前連呼させた音声おくってきた）、やっさいま?ちゃん、赤津ナギちゃん、白神天稀さん、ディーノさん、KUROさん、獅子露さん、まんじ先生100日チャレンジさん（100日間われのイラストを描きまくってくれるというアカウント。8日で途絶えた）、爆散芋ちゃん、松本まつすけちゃん、卯ちゃん、加密列さん、のんのんちゃん、亀岡たわ太さん！（われのLINEスタンプ売ってる！）、真本優ちゃん、ぽにみゅらちゃん、焼魚あまね/仮名芝りんちゃん、異世界GMすめらぎちゃん、西村西せんせー、オフトゥン教徒さま（オーバーラップ出版：「絶対に働きたくないダンジョンマスターが惰眠をむさぼるまで」からの刺客）、kazuくん、釜井晃尚さん、うまみ棒さま、小鳥遊さん、ATワイトちゃん（ワイトもそう思います）、海鼠腸ちゃん！（このわたって読みます）、棗ちゃん！（なつめって読みます）、東西南（きたなし）アカリちゃん（名前がおしゃれー！）、モロ平野ちゃん（母乳大好き）、あつしちゃん（年賀状ありがとー！）、狼狐ちゃん（かわいい！）、ゴサクちゃん（メイド大好き！　いっぱいもらってるーーー！）、朝凪ちゃん（クソリプくれた）、kei-鈴ちゃん（国語辞典もらって国語力アップ！）、Prof.Hellthingちゃん（なんて読むの⁉）、フィーカスちゃん！、なおチュウさん（なんもくれてないけど載りたいって言ったから載せます！）、ばばばばばばばば（スポンジ）、裕ちゃん（ラーメンとか！）、森元ちゃん！、まさくん（ちんちん）、akdbLackさま！、MUNYU／じゃん・ふぉれすとさま！、東雲さん、むらさん、ジョセフ武園（クソリプ！※↑くれる人多数）、ひよこねこちゃん（金・・・！）、こばみそ先生（上前はねての漫画家様！　水着イラストくれた！）、家々田不二春さま、馬んじ（われの偽物。金と黒毛和牛くれた、本買いまくって定期的に金くれる偽物）、本当にありがとうございましたーーーー！　ほかにもいつも更新するとすぐに読んで拡散してくれる方々などがいっぱいいるけど、もう紹介しきれません！！！！！！！　ごめんねええええええ
えええええええええええええええええええええええええええええええええええええ
え　え　え　え　え　え　え　え　え　え　え　え　え　え　そ　し　て　あ　り　が　と　ね　え　え　え　え　え　え
え！！！！！！！！！！(;ω;)

そして最後に、今回素晴らしいイラストを届けてくれたイラストレーターのＸｅ（いくしー）さま（絵がエチチチチチチチッチチチ！）とッ、右も左も分からないわたしに色々とお世話をしてくださった編集のかねこさま（超いい仕事してくれます！）と製本に携わった多くの方々、そし

て何よりもこの本を買ってくれた全ての人に、格別の感謝を送ったところで締めにさせていただきたいと思います！　本当に本当にありがとうございましたあああああああ！　ファンレターもおくってねー！

最後の最後に、これ「小説家になろう」のマイページですのでぜひぜひお気に入り登録しといてください何でもしますから(;ω;)！！！

われの書いたいろんな小説がタダで読めまーす！！（手打ちでポチポチ推すのがだるい人は「なろう　馬路まんじ」で検索をー！）→https://mypage.syosetu.com/1339258/

いえーーーーーーいっ！

BKブックス

黒天の魔王

～魔物の言葉がわかる俺、
虐げられた魔物たちの救世主となり最強国家を作り上げる～

2021年11月20日　初版第一刷発行

著　者　馬路(まじ)まんじ

イラストレーター　Xe(イクシー)

発行人　今 晴美

発行所　株式会社ぶんか社
〒102-8405　東京都千代田区一番町29-6
TEL 03-3222-5150（編集部）
TEL 03-3222-5115（出版営業部）
www.bunkasha.co.jp

装　丁　AFTERGLOW

編　集　株式会社 パルプライド

印刷所　大日本印刷株式会社

ISBN978-4-8211-4608-6

Printed in Japan